희망한 적 없는 희망퇴직

글·**이래하**
사진·**최해성**

희망한 적 없는 희망퇴직

harmonybook

차례

희망한 적 없는 희망퇴직

그곳의 건물들은 하나같이 웅장했다. 햇살에 눈부시게 부서지는 외관, 커다랗고 위압적인 덩치. 나는 그 사이로 널따랗게 난 대로에 가만히 서 있었다. 건물 사이사이로 통하는 바람만은 지난주보다 조금 더 시원했던 팔월 중엽의 어느 날 저녁이었다.

종종거리는 사람들의 걸음새는 한눈에도 몹시 바빠 보였다. 내 앞에서 수시로 나타났다 사라지길 반복하는 사람들, 그들은 어딘가에 옹기종기 모여 있거나 커피를 사러 갔다가 도로 어느 건물로 사라지길 반복하고 있었다. 퇴근을 한시간여 앞둔 때가 되어서야 거리는 제법 잠잠해졌다. 왁자 지껄한 목소리들도 바람을 타고 사라져갔다. 길에는 갈 곳 없는 나만이 홀로 남아있었다.

언젠가 텔레비전에서 이런 장면을 본 적이 있다. 그건 불륜이나 뒤바뀐 자식 이야기만큼이나 단골 소재라고 할 만한 것이었다. 이런 이야기가 나올 때면 늘 정장을 입은 중년 남성의 굽은 등이 비추어졌다.

예의 그 장면이 나올 때마다 나는 엄마에게 물었다. 어차피 얼마 안가 들킬 건데 왜 말하지 못하는 거야?.

그들의 말 할 수 없는 비밀은 보통 일주일이면 들통나곤 했다. 그날따라 와이프라거나 어머니라거나 하는 주변 인물이 몇 첩은 되어 보이는 도시락을 싸 들고 회사에 갔다거나, 그런데 남편이나 아들이 더는 재직하지 않는다는 걸 깨닫고 충격받는다거나. 분명히 그 모두가 다른 드라마였는데 레퍼토리는 늘 같은 것들이었다.

그걸 보고 나는 엄마에게 물었다. 엄마 이상해. 드라마는 현실을 반영하지 않는 것 같아. 실제로는 가족들이 저렇게 도시락 싸 들고 회사 오거나 하진 않잖아. 그럼 엄마는 내게 말했다. 그렇게 하지 않으면 주인공의 어떤 비밀이 드러나기까지 시간이 더 걸리지 않겠니.

나는 앵무새같이 같은 말을 반복했다. 그런데 왜 꼭 저런 일이 있으면 주인공은 공원 벤치에 가서 앉는 거야? 청승맞잖아.

엄마의 얼굴에서 귀찮은 표정을 읽어낸 나는 조용히 방으로 돌아왔다. 그리고 조금 전까지 곱씹고 있던 어떤 생각들은 곧 나의 머릿속에서 지워져 버렸다. 드라마는 드라마일 뿐이라고 생각했다.

나는 가까운 공원으로 발길을 돌렸다. 영국 고전 영화에서 실연당한 아가씨들이 온실이나 집 앞 계단으로 소리 없이 나가던 것처럼, 한국의 현대 드라마에서 해고당한 사람들이 달리 갈 곳이 없어 향하던 길로.

이유는 나도 모른다. 어쩌면 온실이나 집 앞 계단을 향하던 사람들도 어떤 이유가 있어서 그리 가진 않았을 것 같다. 어째서 드라마 속의 남자가 공원으로 터덜터덜 걸어갔는지 조금 이해가 되는 것도 같았다. 솔직히 말하면 어디로 가야 할지 몰랐다. 갈 곳이 없었다. 회사 근처만 아니면 될 것 같았다. 낯익은 얼굴들을 마주하기가 두려웠다. 그냥 나의 존재가 좀 부끄러웠다. 이 처량한 신세를 어쩌면 좋아. 영화에서 보았던 세상 불행한 플롯들이 다 떠올랐다. 가장

슬픈 사연들은 모두 내 이야기만 같았다.

언젠가 누가 내게 그랬다. 사람들은 자기가 살아가는 세상의 부조리나 고통에 공감한다고. 시작부터 끝까지 행복하기만 한 주인공을 사람들은 원하지 않을 거라고. 생각해 보라고. 십 년을 만난 연인에게 차이거나 술에 절어 사는 망나니 아버지에게 개처럼 맞거나, 배우자가 바람을 피우는 일들은 소설 속에서만 일어나는 게 아니라 우리가 살아가는 세상의 진짜 사연들이라고. 주인공이 회사에서 쫓겨나는 플롯이 잊을만하면 나오는 것도 그때부터 주인공을 덮칠 온갖 걱정거리들 가령, 공과금과 대출금, 아이 학자금 같은 것으로 옥죄어오는 무거운 책임감 같은 게 보통의 공감대를 가지고 있기 때문이라고. 나는 이제 알았다. 해고당한 가장의 아내가 흘리는 눈물에 담긴 전 인류의 보편적인 가치에 대하여.

넉넉한 형편에서 자라난 건 아니었지만 나는 어쨌든 부모님의 그늘에서 살아왔다. 설령 비바람이 몰아치더라도 내겐 우산이 있었으므로, 빗줄기에 옷자락이 젖는 일만 염려하면 되었다. 용돈 정도는 알아서 벌어 쓰고 뭐든 절약하는 것. 그게 내가 하는 것, 그리고 할 수 있는 것의 전부였다.

그러다가 멀리 이사 가는 회사를 따라 방을 구해 나왔을 때야 비로소 살아가는 과업은 온전히 나의 몫이 되었다.

가족들 밥상에 내 숟가락만 하나 올리면 되었던 끼니 걱정을 하게 되었다. 장을 봐서 해 먹든 나가 사 먹든 그 돈이 그 돈이지만, 어쨌든 한 달 치를 모아놓고 보면 무시할 수 없는 금액이 되었다.

몸을 뉘는 데에도 돈이 들었다. 방 한쪽 구하기 위해 태어나 처음으로 대출을 받았다. 빌린 돈을 갚는다는 명목이라 하더라도 이자까지 한 달에 백만 원이 넘는 돈이 쑥 빠져나가곤 했다.

고작 방 한 칸에 꼭 필요한 집기만 구해 놓겠다고 고무장갑이나 청소 도구 같은 것들을 몇 개 집었더니 금세 몇만 원이 찍혔다. 그저 살아가는 데에도 이만한 돈이 필요하다는걸, 살아감을 책임져야 하는 존재들의 무게감이 어떠한 것인지를 나는 그제야 체감했다.

어렵게 구한 셋방은 계약 기간이 10개월이나 남아있다. 일단 방을 내놓아야 했다. 부동산에서는 이사 철도 아니고 방 조건이 좋은 것도 아니라서 금방 빠지지는 않을 거라 했다. 안 나가는 방을 강제로 나가게 할 수 있는 것도 아니니까 일단 알겠다고 했다.

회사에 다니면서 열심히 모아둔 돈은 얼마 전 방을 구할 때 모조리 보태어 썼으므로 통장에는 그야말로 비상금 명목으로 남겨둔 얼마간의 돈밖에 없었다.

해가 기울어져 가고 있었다. 저만치에서 가방을 메고 사라지는 사람들의 무리가 도드라졌다. 그들을 가만히 바라보고 있던 나의 시선은 어느새 그사이에 섞여 있던 어제까지의 나를 찾아 분주하게 움직이고 있었다.

회사에서 위로금 명목으로 두 달 치 월급을 얹어주겠다고 했다. 1년을 딱 채운 덕분에 운 좋게 퇴직금도 받아 갈 수 있다고 했다. 나는 과연 내가 운이 좋은 것인지에 대해 곰곰이 생각했다.

이 돈으로 방이 빠지기 전까지 전세자금 대출 원금과 이자, 공과금과 식비, 교통비나 전화 요금 같은 것들과 약간의 생활비를 대려면 아마 아끼고 아껴야 다섯 달 정도 살아갈 수 있을 것이다. 겨울이 오기 전에 취업해야 할 텐데. 슬며시 걱정이 들기 시작했다.

취업 시장으로 돌아가야 한다는 건 회사에서 쫓겨나게 되었다는 것보다 더 받아들이기 어려운 현실이었다.

정규직으로 이 회사에 첫 입사를 하기까지 겪었던, 밤을 새워 나열하더라도 모자랄 억울한 일들과 실패한 경험들. 그리고 바늘구멍보다 더 작은 취업의 문을 통과하기 위해 노력했던 과정들. 그 혹독했던 과정을 되풀이하고 싶지 않은 마음과, 돌아가는 길 외에 달리 방법이 없다는 참담한 상황에 잠을 이루지 못했다.

계속 같은 꿈을 꾸었다. 목젖을 타고 넘어가던 마른 침과 등줄기를 따라 차갑게 흘러내리던 땀의 감촉. 발을 헛디딘 바람에 끝없는 아래로, 다시 그 밑으로 추락하면서도 어떻게든 죽지 않으려 발버둥 치던 모종의 절박함, 그 모든 공감각을 기억한다. 바닥에 닿으려는 찰나에야 꿈이었음을 깨닫곤 했다.

그 이야기는 아마 탕비실에서부터 시작되었을 것이다. 소문은 사람들의 발자국을 따라다녔다. 어느 날은 엘리베이터로, 옥상 정원으로, 커피 사러 나가는 길목으로 무성하게 퍼져나갔다. 북녘의 한기처럼 매서운 말들이었다.

되도록 그 풍문에서 멀어지고 싶었다. 다른 데는 몰라도 여긴 사람을 그렇게 대하지 않을 거로 생각했다.

그리고 평소보다 오 분 정도 늦게 사무실에 도착했던 날,

가방을 내려놓기 무섭게 나는 팀장님의 호출을 받았다. 전면 유리로 속히 훤히 들여다보이는 작은 회의실에서 나는 팀장님과 독대를 했다. 그건 좀처럼 없는 일이었으므로, 나는 본능적으로 안 좋은 일이 있으리라고 예감했다.

회사 사정이 많이 안 좋아. 어느 정도로 안 좋냐면, 지금의 규모로 살림을 꾸려나갈 수 없을 정도야. 형편이야 어제 오늘의 일은 아니지만 더는 '중대한 결정'을 미룰 수 없게 되어버렸어.

경영진들은 그 '중대한 결정' 말고 다른 방법을 찾아보려고 꾸준히 노력했지만, 이것 말고는 방도가 없더라는 말. 팀장님은 대충 그렇고 그런 서론을 장황하게도 늘어놓았다.

조직별로 얼마 정도씩 비용을 줄이기로 했어. 밥값 대 주는 것부터 해서 아마 복지라고 할만한 것들은 다 사라지게 될 것 같아.

잠시 대화의 맥이 끊겨졌다. 호흡을 고르는 그의 모습을 말없이 지켜보던 나의 눈빛에선 어떤 두려움이 엄습했다. 아무리 외면하고 싶어도 종래엔 맞닥뜨릴 수밖에 없는 것들이 있다. 그는 다시 말을 이었다.

비용 중에 가장 큰 몫을 차지하는 게 사람이잖아. 그래서 사람도 줄이기로 했어.

　나는 고개를 떨구었다.

　효율성을 고려하면 경력이 많은 사람을 내보내는 게 정석일 수 있는데, 그 사람들은 여기 나가면 타격이 클 수도 있어. 마흔 넘어서 다시 취업하는 게 이십 대 때 같지는 않을 거거든. 그래서 차마 그 사람들에게 나가라고 하지 못했어. 이런 일이 처음일 텐데, 굉장히 미안하다. 그래도 너는 나이도 가장 어리고, 나이대 비슷한 다른 애들보다 학력이 좋으니까 그래도 다른 사람들보단 사정이 나을 거로 생각했어. 더 좋은 회사 갈 수 있을 거야. 다시 취업하려면 공부도 해야 하고 이력서도 만들어야 할 테고 신경 쓸 게 많겠지. 내일부터는 회사에 나오지 말고 집에서 취업 준비를 하는 거로 하자. 회사가 해줄 수 있는 최선의 배려라고 생각해 주면 좋겠어. 남은 휴가는 소진해 주고, 짐 싸서 바로 퇴근해도 돼.

　팀장님이 떠난 회의실에 혼자 앉아 숨죽여 울었다. 눈물이 덕지덕지 묻은 얼굴을 어쩔 줄 모르고 있다가, 어쩐지 저기서 사수가 나를 신경 쓰고 있는 것 같아 민망하다가, 어쩔 줄도 모르고 있다가 잠은 다 팽개쳐둔 채로 도망치듯 사무실을 빠져나갔다.

네, 그렇군요. 네. 그런가요. 네. 네. 네……

나는 왜 그렇게밖에 대답할 수 없었을까. 이 회사에 첫사랑만큼 애틋한 감정이 있다는 걸 아시면서 어떻게 그런 납득할 수 없는 이유로 나가라고 하시냐고 따져볼걸. 언제는 사람이 가장 중요하다는 듯 말해놓고, 이 회사는 결국 어려울 때 되니까 사람 먼저 내치는 거냐고. 그럼 나는 대체 뭐가 되는 거냐고. 결국, 회사는 다 똑같은 거냐고 속 시원하게 말이라도 하고 나올 걸 그랬다고 후회했다.

희망퇴직으로 처리될 거라고 그랬다. 팀장님에게 물었다. 희망하지 않으면 안 나가도 되는 거냐고. 동료들이 하나둘씩 떠날 수밖에 없는 상황이 될지언정 나는 그들을 외면하고라도 가장 마지막까지 여길 붙들고 싶은 사람이라고. 그는 냉정하게 말했다. 내가 희망하고 말 일이 아니라고.

전화기가 울렸다. 친숙한 이름이 떠 있다. 그는 내가 입사하고 얼마 지나지 않아 입사한 다른 팀 사람으로, 회사 다니는 동안 짝꿍처럼 절친하게 지낸 이었다.

야. 너 울면서 사무실 나갔다면서? 지금 어디 있냐?

자기도 방금 면담을 마치고 나오는 길이라고 했다. 살았냐고 물어보았더니 죽었다고 대답했다.

그래도 두 달 치 월급 준다잖아. 그게 어디야? 나 전에도 이런 일 겪어 봤는데 그땐 두 달 치 월급이 뭐야, 아무것도 없었어. 퇴직금 정산도 제때 못 해주는 회사들 많아.

그의 말에 따르면 이 바닥은 원래 그런 바닥이라고 한다. 서비스가 나오기까지 투자금으로 버티는 회사가 대부분이고, 서비스를 출시하더라도 잠깐 반짝했다가 잊히는 게 열에 거의 열. 투자금은 채무가 되고, 그걸 감당하지 못하면 사람을 자르고, 그래도 안 되면 폐업을 하고.

하늘이 막 무너지는 거 같지? 처음이라 더 그럴 거야. 두 번째부턴 별것 아니게 되는데 처음에 좀 힘들더라고. 여긴 이런 일들이 흔해. 하루아침에 잘리기도 하고 회사가 통째로 없어지기도 하고. 너는 이 업계의 마냥 좋은 점들만 보아왔지만, 이제부턴 그렇지 않을 거야. 계속 이 바닥을 돌게 되면 두 번이고 세 번이고 또 해고당하는 일이 생길 수도 있어. 기왕 잘렸으니까 실업급여 타 받으면서 머리도 식히고 생각도 좀 해봐. 여기 남아있는 게 좋을지, 다른 업계로 넘어가는 게 나을지.

그 말들을 이해하기가 힘들었다. 어째서 이런 일이 또 있을 거라고 하는지, 왜 두 번째 해고당할 때는 지금처럼 충격적이지는 않을 거라고 말하는 건지. 잘린 마당에도 그토록 덤덤했던 그를 공감할 수 없었다.

어떤 말로도 대꾸하지 않았다. 나는 내가 세상에서 가장 불쌍한 사람인 것만 같았다. 그래서 그도 아무 말 하지 않았다. 무어라고 말한들 소용이 없겠다고 생각했을지도 모른다.

그렇다고 이러고 마냥 있으면 뭐 하냐? 답답하면 여행이라도 다녀오던가.

제주도로 가는 비행기는 오전 9시에 출발할 예정이었다. 짐은 굉장히 간소했다. 갈아입을 옷 한 벌, 양말 한 짝. 여행용 화장품과 선블록 로션이 전부였다. 크지도 않았던 크로스백이 반도 차 있지 않았다.

여행을 가기로 하고 비행기를 타기까지 삼 일이나 걸린 건, 떠나기 전에 지원할만한 채용공고 몇 개에라도 입사 지원을 해두고 싶어서였다.

내내 제주도의 해안 도로를 따라 걸었다. 앞으로 걷게 될 인생의 길도 평탄하지만은 않겠지만, 그렇더라도 묵묵히 걸어보겠다는 의지를 다지는 과정이었다.

오름을 오르다 나무에 묶여있는 말을 보고 놀라기도 하고, 올레길을 걷다가 사납기로 유명한 제주 개 무리에 쫓긴 적도 있었다. 지나가던 공무원 차량에 올라타지 않았다면 분명히 물리고 말았을 것이다.

혼자 길을 걷는 내게 누군가는 찐 밤을 건넸다. 이 시간엔 올레길 걷는 거 아니라며 숙소까지 직접 차로 태워다 주신 고마운 국수 가게 사장님 내외. 청산도에 오면 밥 한 끼 대접할 테니 꼭 연락 달라며 전화번호를 건네주신 아주머니. 젊은 나이에 이렇게 여행하는 모습이 정말 부럽다고 하셨다. 매일 새사람들을 만났고 다시 각자의 길로 흩어졌다.

서류 전형에서 탈락했다는 문자 메시지를 받을 때를 빼면 뭍에서의 일은 생각일랑 할 겨를도 없었다. 해가 뜨고, 해가 졌다. 그리고 보니 마지막 숙소에서 만난 동행 언니의 이름은 '해'였다. 예쁜 이름이라고 생각했다.

셋방 안에 웅크리고만 있었다면 한 가지 생각에만 사로잡혀 있었을 것이었다. 여행하길 잘했다고 생각했다. 마주치는 사람들과 나를 둘러싼 풍경들은 매일같이 달라졌다. 기꺼이 달라지는 것들에 몸을 던지기로 했다.

애월을 지나 귀덕리에 있는 모 숙소에 도착한 다음 날. 저편에 일렁거리는 윤슬을 바라보면서 아침 식사를 준비하다가 웬 전화를 한 통 받았다.

그날부터 휴가자 명단에 너 이름이 계속 떠 있잖아. 사람들이 너 어디 갔냐고 나한테 물어본다, 야.

팀장님이 나가기 전에 휴가 소진하라 해서.

언제 올 거야? 사직서는 내야 할 거 아냐. 그리고 마지막인데 인사도 하러 다니고 그래야지. 너도 경황이 없겠지만 네가 갑자기 안 나와서 작별 인사 못 한 사람들도 경황없기는 마찬가지더라.

문득 내 자리에 그대로 남기고 온 물건들이 떠올랐다. 사직서를 써야 한다는 생각은 하지도 못하고 있었다. 여행도 어느덧 막바지이긴 했지만, 어느 회사로부터 서류 합격했다는 연락을 받은 차였다. 뭍의 일들을 마무리해야 하는 순간이 다가오고 있었다. 그에게 내일 비행기로 돌아가겠다고 말했다.

마지막으로 회사에 나가는 날. 사직서를 쓰러 가는 거였지만, 그보다는 긴 휴가를 마치고 일상으로 복귀하는 기분이 들었다. 출근 준비하면서도 아무런 생각이 없다가 사무실 앞에 다다른 뒤에야 이게 마지막이라는 걸 체감할 수 있었다. 복받치고 우울하고 후련하기도 하고 화도 나면서 벌써 그리웠다. 아무튼, 기분이 이상했다.

태어나 처음으로 사직서를 썼다. 기왕이면 드라마에서 봤던 것처럼 종이 서류에 사인을 받아보고 싶었지만, 그런 거 없고 전자 결재로 진행된다고 했다. 거기다 팀장님이 '좋아요' 처리만 하면 다 끝나는 것이었다. 들어오기까지의 과정을 생각해 보면 허무하다는 생각이 들 만큼이나 별것 없었다.

그날 저녁, 식당들이 밀집한 판교 어디쯤으로 사람들이 모였다. 회사를 떠나게 된 사람들과 회사에 남게 된 사람들이 마지막으로 함께 하는 그렇고 그런 자리들이, 이 가게 저 가게 남는 자리마다 새로 채워졌다.

자정을 한참 넘긴 시간에야 자취방으로 돌아왔다. 방안을 휘감은 깊고 새카만 고요함.

사람들은 집으로 돌아갔을까. 내일 사무실에 가는 사람들은 어떤 기분으로 출근할까. 그들 중에 누군가는 비어있는 내 자리로 드문드문 눈길을 줄지도 모른다.

나는 알람시계를 껐다. 이제는 아침 일찍 일어나서 회사

갈 준비를 하지 않아도 된다. 하지만 내일 아침이면 내가 퇴사했다는 사실을 깜빡한 채, 늦잠 잤다고 놀라서 번쩍 일어날지도 모른다. 퇴사했다는 걸 제대로 실감할 때까지 시간이 좀 더 필요할 테니까. 아마 한동안은 그 회사가 그리울 것이다.

그렇게 하루가 지나고 이틀이 지나면 어느 쪽이 먼저 무너지게 될까. 남겨진 쪽일까 떠나간 쪽일까.

점점 더 검게 짙어져 가는 적막함을 견뎌내지 못하고 지방에 내려가 있던 엄마에게 전화를 걸었다. 엄마, 나 오늘 잘렸어요. 붙잡고 있던 무언가가 손아귀를 빠져나간 기분이 들어요. 나는 수화기를 붙잡고 오랫동안 울었다.

우아한 백조

언젠가 엄마가 이렇게 말한 적이 있었다. 나 하나 떨어져 나와 산다고 생활비가 한 사람 몫만 드는 줄 아느냐고. 가족이 모여 사나 그중에 하나 나가서 사나 그 돈이 그 돈이라고.

처음엔 코웃음을 치고 넘겼지만, 예상과 현실은 항상 다른 법이다. 혼자 살면서 여러 번의 시행착오를 거친 뒤에야 나는 엄마의 말을 인정할 수밖에 없게 되었다.

장을 보고 싶어도 전통시장으로 갈 엄두가 나지 않았다. 같은 물건을 사는데도 어쩐지 나는 값을 깎는 데에 실패한 기분. 내가 사는 것이 늘 조금씩 더 비쌌던 기분이 영 내키지 않았던 것도 있지만, 얼마치에 이만큼 하는 양이 버겁기도 했었다. 귤 한 봉지를 오천 원에 사면 반도 먹지 못하고 버려야 했다.

대형 마트로 가면 뭐든 내가 원하는 만큼만 골라서 살 수 있기는 했다. 사과 한 알, 멜론 한쪽. 하지만 단가가 만만찮았다. 바나나 한 손이 삼천 원인데, 바나나 두 개가 들어간 소포장이 천오백 원이었다. 그렇다고 해서 혼자 살면서 한 손을 통째로 살 수는 없었다.

하루는 바지락칼국수가 먹고 싶어서 엄마한테 요리법을 물어다 재료를 사러 간 적이 있었다. 바지락에 애호박, 양파, 멸치, 파, 칼국수 면……

나는 재료들을 제 자리에 도로 내려놓고 마트를 빠져나왔다. 애호박 요만큼, 양파 사 분의 일, 파 반쪽이면 될 걸 이렇게 사다 가는 먹는 것보다 버리는 게 더 많을 거였다. 저쪽 가게에 가서 사 먹어도 칠천 원이면 되는 걸 재료비는 배로 들다 보니 뭐든 해먹을 엄두가 나지 않았다. 이따금 뭐든 나눌 친구가 옆에 산다면 좋을 텐데, 하는 생각이 들었다.

이런 이유로 독거인은 차츰 나가서 사 먹는 것으로 끼니를 해결하기 시작했다. 간편하고 합리적인 방법이었다. 한 가지 문제가 있다면 고정수입이 지난달로 끊겼다는 것이었다. 얼른 실업급여부터 신청해야겠다고 생각했다.

처음부터 없었더라면 모를까, 있던 고정수입이 갑자기 증발하자 명치에서부터 스르르 올라오는 불안감이란. 생각해보면 먹고 살 길이야 어떻게든 찾을 수 있었을 거 같은데, 그땐 그게 왜 그렇게 무서웠을까. 나를 두렵게 했던 건 아무리 부딪치더라도 절대 뚫리지 않던 구직의 바늘구멍, 그 철옹성 같은 것을 오래오래 경험해온 과거의 기억들이었을 것이다.

과거의 산물들은 자꾸만 내게 속삭이곤 했다. 넌 이제 서른 코앞이야. 매년 수십만 명의 취업 준비생들이 쏟아져 나오는데, 너보다 여섯 살 일곱 살 어린애들이랑 경쟁해서 어떻게 이기겠다고?

지금 할 수 있는 건 뭐든 준비했지만, 자신감은 날로 떨어져 갔다.

그 당시 자주 가던 카페가 있다. 아마도 사장님의 본명이었을 카페 이름을 기억한다. 사장님은 에스프레소를 단돈 오백 원에 팔았다. 대신 조건이 있었다. 이탈리아의 카페들처럼 카페 바에 서서 에스프레소를 쭈욱 들이키고 나가야 한다. 매장에 앉아 마시는 것도, 갖고 나가는 것도 안 된다.

그녀의 에스프레소는 훌륭했다. 취업 걱정에 밤잠 이루지 못하던 내게 그곳의 커피는 한낮의 피로를 풀어주는 유일한 위안이었다.

식비는 하루에 만 원. 하루에 두 끼를 먹었다. 요깃거리는 대체로 샌드위치나 샐러드였다. 요리에 재능도 없지만, 매끼 한식만 찾아 먹어야 하는 사람이었다면 차림새에도 손이 많이 갔을 것이다. 샐러드 믹스에 과일 두세 가지만 섞으면 아침으로 적당했고, 오후에는 단골 샌드위치 가게에 가서 든든한 거로 골라 먹었다.

애써 담담하다가 한 번씩 마음의 골짜기에 폭풍우가 몰아치곤 했다. 알 이즈 웰, 이라는 어떤 영화의 주문은 잘 먹혀들어 가지 않았다. 도서관과 집만 반복하는 지루한 나날들, 반복되는 면접, 되풀이되는 거절의 의사 표현. 나는 이러다가 영영 실패의 뫼비우스 띠를 벗어나지 못할 것 같았다. 자기소개서에 여섯 시간이나 할애했지만, 이 중에서 대부분은 제대로 읽히지조차 않으리란 것을 안다. 운이 좋게 그 중의 하나가 통과를 했더라도 그다음 단계가 원활하리라는 보장도 없다. 일주일에 한두 번씩 꾸준히 면접에 불려 다녔지만, 대개 비슷한 이유로 탈락했다. 애당초 그게 문제라면 면접을 보자고 하지 말았어야 할, 좀처럼 이해가 안 되는 사유들이었다.

겪어본 사람은 다 알만한 구직자의 시간. 쳇바퀴 속의 나는 늘 지쳐있었지만, 그중에서도 최악의 순간은 최종 면접에서 떨어졌을 때였다. 이렇게 다시 처음으로 되돌아가야 한다는 절망감은 그치지 않는 불면증을 불러왔다. 캄캄한 밤하늘이 어느덧 걷혀가는 것을 그저 뜬 눈으로 지켜보는 날들이 많아졌다. 눈을 뜨면 아침이었던 날들은 이미 사라지고 없었다. 나는 시름시름 앓았다.

어느 날 우연히 여성 노숙인에 대해 다룬 텔레비전 다큐멘터리를 보았다. 험한 일을 당할까 봐 길바닥에서 잠도 청하지 못한다는 그들의 마지막 거처는 화장실이라고 했다. 나는 텔레비전을 껐다. 그 장면이 너무 싫어서 울었다.

시월의 첫 번째 주였다. 오늘의 행선지는 전철을 두 번 갈아타고 약 26개의 역을 거쳐야 도착하는 회사였다.

갈 길이 멀어서 뾰족구두는 종이 가방에 따로 챙겨갔다.

유리창으로 나의 모습이 번졌다. 영원히 봉인하고 싶었던 펭귄 정장. 한 시간은 꼬박 들여 단장한 승무원 머리. 나는 머리에 꽂은 실핀의 개수를 곰곰이 생각하고 있었다.

목적지로 가는 동안 이력서와 자기소개서를 꼼꼼하게 챙겨보았다. 용모가 단정한 사진과 성별, 나이를 요구하는 이력서가 맘에 들지 않았다. 그렇더라도 내겐 선택지가 없었다.

면접은 더 별로였다. 한 시간여 면접을 마치고 나서 가운데에 앉은 면접관이 내게 말했다.

우리는 지금 경영지원 쪽 담당자를 찾고 있어서요.

알고 있다고 대답했다. 나는 그 분야에서 일 년의 경력을 가지고 있다는 것도 다시 한번 강조했다.

근데 우리 경영지원 담당자는 남자여야 해서요. 우리 쪽은 남자가 해야 해요.

신체적으로 키가 크거나 완력이 강해야 하기 좋은 직업군이 있다는 걸 알고 있다. 하지만 내가 그쪽에서 일해본바, 여자여서 곤란한 때는 없었던 거로 기억한다. 당황한 나는 물었다.

제가 잘 이해가 되지 않아서요. 여성 지원자를 원치 않으셨다면 왜 저를 면접에까지 부르셨나요?

그들은 담담하게 대답했다.

그냥 얼굴이나 한번 보려고요.

그 한번. 그 한번 때문에 나는 길바닥에서 왕복 네 시간을 버려가며 꼬박 서서 왔다 갔다 해야 했으며, 일 년 넘도록 처박아두었던 정장을 입으려고 옷을 다리고, 열 개가 넘는 실핀을 찔러가며 승무원 머리를 만들고, 스킨에 로션에 프라이머에 비비크림과 파우더 팩트와 눈 화장과 입술 화장과 눈썹 화장을 하는 단계를 감수하며, 결론적으로 수 시간을 공들여야 했다. 면접비 일 원도 안 줬으면서.

집으로 돌아오면서 오만가지 생각을 했다. 어차피 이렇게 될 줄 알았는데 그냥 가지 말걸. 내 시간 너무 아깝다. 영화나 보러 갈걸. 자는 시간도 아껴서 공부하고 있구먼, 다섯 시간은 버렸네. 피곤하다. 교통비 오천 원이나 나갔네. 포도 두 송이 사 먹을 수 있는 돈인데. 포도 한 송이도 나한테는 얼마나 간절한데. 불려가는 처지가 얼마나 간절한지도 고려를 해주면 좋겠다고, 선을 볼 거면 좀 신중하게 생각해보고 부르라고 말하고 싶었다. 그냥 막 부르지 말고, 남의 시간 아까운 줄도 알아주라고.

계절이 한 번 더 바뀌었다. 구직자들에게 겨울은 추운 계절이다. 구직이 아니라 이직을 하더라도 겨울에는 하지 말라는 말도 있었다.

이번 달을 그냥 넘기게 된다면 못해도 앞으로 석 달간은 이렇다 할 성과가 없을 거로 생각했다. 내년 봄이면 벌써 반년인데, 회사들은 이 공백을 어떻게 생각할까. 두려운 생각이 들었다.

얼른 계산기를 두드려보았다. 가슴이 답답해졌다. 영 어려우면 부모님에게 손이라도 좀 벌려볼까 하는 생각 따위를 하다가 고개를 절레절레 저었다. 그것만은 정말 하고 싶지 않았다. 존엄과 자존감의 문제라고 생각했다. 생활비는 어떻게든 스스로 해결하기로 했다. 내년 봄은 벚꽃이 얼마나 찬란하든 내겐 칼바람만 같을지도 모른다.

늦가을의 여의도가 그토록 아름다운 줄은 몰랐다. 봄에 꽃구경하러 간 일은 여러 번 있더라도 가을에 가본 일이 있었던가. 나는 잠깐 얽히고설킨 과거의 기억을 헤쳐보았다.

여의도 공원에서 국회의사당으로 가는 길목마다 아름드리 은행나무들이 노랗게 물들어 있었다. 나는 낙엽을 밟으며 저벅저벅 걸었다. 바람이 선선하게 감길 때마다 은행잎

이 흐드러졌다.

문득 걸음을 멈추고 뒤를 돌아보았다. 저 건너편에 높고 웅장한 건물들이 줄지어 서 있었다. 누군가 내게 말했다. 저기 있는 수많은 자리가 다 일자리들인데 그중에 너를 위한 자리가 하나 없겠니. 나는 그 목소리를 따라 시선을 돌렸다. 목소리는 낙엽처럼 사그라들었다. 면접을 보고 돌아가는 길이었다.

한동안 집과 도서관만 오갔던 내게 보이지 않았던 것들이 잡히기 시작했다. 통유리 카페와 그 안에서 커피를 마시는 사람들. 연못에 떠 있는 오리가 발재간을 치는 모습. 햇살. 나는 온몸으로 따사로운 볕을 받아냈다. 구름이 둥둥 떠다니는 하늘만 보아도 기분이 상쾌해졌다. 그동안 스트레스를 해소할만한 배출구가 없었다는 걸 체감했다. 나는 그야말로 스트레스 덩어리 같았다. 자주 우울해했고 가끔 가족들에게 화를 냈다.

나는 이런 백수의 시간을 세 번 보냈다. 첫 번째 회사로부터 구조조정을 당한 뒤에. 다행히 그 해를 넘기지 않고 나를 받아주었던 두 번째 회사가 말 그대로 어느 날 갑자기 폐업한 뒤에. 그리고 다니던 스타트업을 내 발로 걸어 나온

후에.

두 번째 백수가 되었을 때 비로소 업계 사람들을 어느 정도 이해할 수 있게 되었다. 어째서 희망퇴직을 그토록 덤덤하게 받아들일 수 있었던 것인지, 어떻게 슬퍼할 겨를도 없이 여행을 준비하는 것인지 이해를 못 했던 과거의 나는 어느새 그들의 모습을 그대로 투영한 다른 내가 되어있었다. 두 번째 공백이 있던 시기에 나는 여행을 참 많이 다녔다.

같은 실직인데 모든 게 달라져 있었다. 처음에는 하늘이 두 쪽이라도 나는 줄 알았는데, 두 번째로 회사를 나오게 되었을 땐 비로소 어디가 되었든 한 달 살기 여행을 할 수 있겠다는 마음에 설레기까지 했다. 온통 놀 생각뿐이었다.

그래서였나 보다. 언젠가 동료들이 내게 했던 말을 떠올렸다. 그게 처음이라 그래요. 두 번째부터는 그렇게까지 힘들지는 않아요. 어쩌면 아무렇지 않을지도 몰라요.

이상한 나라의 사람들의 말이라고 여기던 것들이 어느새 내 생각이 되어갔다. 나는 하루하루 조금씩 무뎌지고 있었다.

사정이 있어서 어쩔 수가 없다는 그 방식

부모님은 한평생 자영업에 몸을 담아오셨다. 언젠가 돈을 떼먹고 달아난 사람의 이야기를 들은 적이 있다. 죽어도 돈은 내놓지 못하겠다던 그 사람은 법정에 피고인으로 섰고, 당연히 부모님이 승소했다.

그 사람은 앙심을 품었다. 날마다 밤이 되면 그는 우리 부모님에게 전화를 걸어 협박했다. 내가 너희 애새끼들 다니는 학교 어딘지 다 알아, 내가 너희 애새끼들 다 죽여버릴 거야.

부모님은 오래도록 잠을 이루지 못했다. 가게 나간 아빠 대신 엄마가 우리를 학교에 데려다주고, 다시 데리고 갔다.

삶은 항상 살아가는 주체의 의지와 무관하게 흘러가고 때때로 공교롭다.

이십 대 중반에 처음으로 전세자금 대출을 받았다. 그전까지 내가 은행에서 해온 일이란 돈을 넣거나 빼는 일이 전부였다. 그러므로 전세자금 대출금이 통장에 꽂히기까지 어떤 지지부진한 과정들이 있으리란 건, 나는 조금도 알지 못했다. 이런 사정으로 나는 하마터면 가계약금을 날릴 뻔했고, 부모님은 혼비백산하여 어리벙벙한 딸 대신 이리저리 돈을 구하러 다니셔야 했다.

절대 어렵게 살아보고 싶지 않은 나의 뜻과 무관하게, 삶은 끝없는 퀘스트와 시련의 연속이었다. 그들 중 어떤 것들은 이겨내려는 의지가 있더라도 어쩔 수 없이 포기하거나 감수해야만 했다. 엄마는 나를 두고 이야기했다. 다른 애들은 고등학교도 그냥 가는데 넌 어쩜 고등학교 진학하는 일마저도 그렇게 힘겹니. 난 덕산고 사태라고, 지어지지도 않은 고등학교로 배정되는 사건에 휘말려 있었다. 거기서 중학생이 할 수 있는 건 아무것도 없었다. 세상의 좋은 일들은 다 예상할 수 있지만, 온갖 힘든 사건 사고들은 하나같이 예상 밖의 것들뿐이다.

실직도 그랬다. 그건 어느 날 갑자기 내게 들이닥쳤으나 순종하는 것 외에 다른 길은 없었다.

맹위가 요란하던 일월 중순이었다. 회사 주방은 고요했다. 나는 거기에 혼자 있었다. 일을 시작하기에 앞서 주방에서 커피를 내리는 건, 어제와 같은 하루가 다시 시작한다는 말이었다.

그때였다. 갑자기 사무실에 파도가 치는 것처럼 요란한 분위기가 너울 너울거렸다. 나는 어떤 좋은 일이 있을 것이라고 예감했다. 새해 보너스라도 나와서 모두가 들떠있는 건 아니었을까 하고.

그러나 이 사람 저 사람의 목소리가 거칠게 뒤섞여 나는 요란함이 예의 그 바람직한 종류는 아님을 곧 알아차렸다. 나는 사무실로 발걸음을 옮겼다. 어떤 일이 있는 것만은 확실했다.

그게 마지막이었다. 회사 측에서는 우리에게 전했다. 곧 중대한 어떤 논의가 있을 거라고. 그때까지 전 직원은 출근하지 말고 집에서 대기하라고. 사람들은 사무실을 유유히 빠져나갔다. 나는 그들을 다시는 보지 못했다.

"논의하겠다."던 그 회사는 그렇게 하루아침에 폐업했다.

두 번째 실직이었다.

첫 직장 동료에게서 들었던 이야기를 떠올렸다. 여느 때와 같이 출근했던 날, 갑자기 사장님이 직원들을 모아놓고 이렇게 말하더라고. 여러분. 회사가 폐업하게 되었으니까 이번 주까지만 나와주시면 되겠습니다.

그때 그는 내게 이렇게 말하기도 했다. 처음이라 더 그럴 거야. 계속 잘리다 보면 익숙해져.

나는 그의 이야기를 곱씹었다. 그땐 그게 무슨 말인지 이해를 못 했는데, 과연 이렇게 계속 잘리다 보면 이런 상황들에 무뎌지게 될 것 같았다. 이미 나 스스로가 이에 어느 정도 무뎌져 있음을 느끼고 있었다.

이상하다. 처음엔 엄청나게 충격받았었는데 왜 지금은 그렇게 힘들지 않지? 종잡을 수가 없었다. 분명히 이 마음 한편에서 나는 무척 기꺼워하고 있었다.

다음 날, 같은 시간에 깼다. 이제는 아침 일곱 시에 맞춰 알람을 해 둘 필요가 없다는 걸 깜박하고 있었다. 나는 전화기에 설정해둔 알람을 지워버렸다.

조금 더 잠을 청하기로 했다. 아침 아홉 시 반까지 이리저리 굴러다닐 수 있다는 사실에 행복했다. 다시 다음 날. 아직도 내가 더는 일을 나가지 않아도 된다는 게 믿어지지가 않았다. 시간 부자가 되었다는 걸 실감하기까지도 시간이 필요했다. 이젠 북적북적한 주말의 카페에 끼일 필요가 없었다. 한가로운 평일 오전의 브런치를 먹으며 기쁨에 젖었다. 기쁘다니, 나는 이 즐거운 마음이 공교로웠다.

모처럼 긴 시간이 날 때 할 수 있는 거, 아니 꼭 해야만 하는 건 어떤 게 있을까 하고 고민했다. 여행을 가야 할 것 같았다. 나는 유럽에 가고 싶었다. 짤막하게 일주일이나 열흘 정도 다녀오는 것 말고 몇 주 정도의 일정으로 떠나보고 싶었다.

폐업한 그 회사에 다니면서 나는 괴로웠다. 아무렇지 않게 자행된 사내 괴롭힘. 집단 따돌림. 어떤 팀의 팀장이 어느 날 갑자기 다른 팀의 막내 직원으로 옮겨가게 되기까지의 전후 맥락과 늘 언성을 높이며 싸워대던 사람들. 내 옆자리에 앉은 한 사람은 늘 담배 찌든 냄새를 풍기면서 상욕을 일삼았다.

맨정신으로는 도무지 다니기 어려웠을 그 회사를 내 손으로 관두지 못했던 건, 변변찮은 경력도 없이 나이만 먹어간 나의 곤란한 사정 때문이었다. 여기에서 물러나면 더는 갈 곳이 없을 거로 생각했다.

딱 이날까지만 다니고 그만둘 거야.

책상 달력의 어느 날엔 빨간 동그라미가 그려져 있었다. 빨간 별도 세 개 달려 있었다. 나는 그날이 언젠가 반드시 도래하고야 말 것이라고 굳게 믿었다. 하지만 어른의 사정이라는 어쩔 수 없는 이유들은 내가 결코 그날에 가까워지지 못하도록 나의 옷자락을 잡고 뒤로 끌어내길 반복했다.

빨간 동그라미 위에 빨간 엑스 자가 그려지고, 다시 반년 뒤의 어느 날에 빨간 동그라미가 그려질 때마다 나는 얼마 정도의 항공권 수수료를 내야 했다. 빨간 동그라미가 그려진 날짜의 다음 날이 되면 나는 긴 여행을 떠나게 되어 있었다. 날짜가 뒤바뀔 때마다 수수료를 내야 했으므로 그제까지 내가 항공사에 기부한 돈은 세 자리를 넘어가고 있었다.

그리고 내가 내 발로 나오게 된 건 아니지만 어쨌든 '그날'은 왔다. 마침내 도래했다고 해야겠다. '그날'은 오로지 떠나기 위해서만 존재한 날이다. 그러므로 나는 떠나야 했다.

세계지도를 펼쳐놓고 가장 가보고 싶었던 곳들을 손가락으로 짚어보았다. 크라쿠프와 비엔나, 프라하, 브라티슬라바와 부다페스트. 스카이스캐너로 검색하자 비엔나로 들어가 프라하로 나오는 루프트한자 티켓이 왕복 63만 원에 나와 있었다. 나는 그 티켓을 샀다. 약 한 달을 여행하는 일정이었다. 이륙까지 일주일여 남아 있었다.

애타게 갈구하던 마음은 어쩌면 내가 가지지 못했다는 소유욕이 일으킨 허상에 불과한지도 모른다.

한국으로 돌아오던 비행기 안에서 나는 퇴사에 대해 생각했다. 왜 나는 그렇게 힘들었을까. 하루하루 참아내는 일이 죽어가는 것만 같았는데 나중에 퇴사할 날만 손꼽아 기다리던 이 년 동안 나는 얼마나 행복했을까. 그토록 바라마지 않던 퇴사를 하게 되었고 열망하던 여행을 마쳤다. 그래서 행복하지만, 지금의 행복이 과거의 불행함과 맞바꿀만한 가치가 있기는 할까. 어쩌면 생애 첫 퇴직에서 비롯된 처절한 감정 때문에, 그런 마음을 되풀이하고 싶지 않아서 아등바등 버텨내는 것만이 능사라고 생각했던 건 아니었을까. 그 회사는 온종일 나를 우울하게 만들곤 했다. 친구들은 나를 볼 때마다 안타까워했다. 그 상태로 언제든 거길 벗어날 수 있을 거라는 생각은 마약이나 다름없었다. 나는 약에 취한 사람의 눈을 하고 있었을 것이다.

'비커밍 제인'이라는 영화를 보면 현실과 사랑 사이에서

갈등하는 여자 주인공을 두고 어머니가 이런 말을 한다. Money is absolutely indispensable.

인천공항은 고단한 현실과 꿈의 세계가 뒤바뀌는 곳이다. 살아가던 곳을 뒤로하고 공항을 빠져나가 미지의 땅으로 향했던 나는, 공항을 통해 다시 실재하던 곳으로 되돌아갔다. 머니가 인디스펜서블한 곳이다.

마지막 구직이 어언 이 년 전이었다. 그사이 취업 시장은 눈에 띄게 달라져 있었다. 여전히 많은 회사는 구직자의 증명사진을 요구하고 있었지만, 몇몇 회사들은 이력서 양식에서 증명사진 영역을 아예 없애버렸다.

놀라운 진전이 있었던 것 같았다. 내가 처음으로 입사 지원을 시작한 2011년에는 이력서에 키와 몸무게까지 넣어야 했었다. 보통의 회사들은 으레 그런 것들을 요구했다. 주량을 넣어야 하는 이력서도 본 적이 있다. 그런 게 내심 불쾌했으면서도 그런 정보를 입력하지 않을 자유가 내게는 없었다. 그러므로 나는 수치스러운 기분을 느끼면서도 몸무게를 적어냈고, 술을 전혀 하지 못하면서도 주량이 제법 된다고 거짓 정보를 넣어야 했다.

IT업계라 하더라도 이력서에 증명사진이 들어가는 건 퍽 보통의 일이었던 걸 기억한다. 영원히 변하지 않는 건 없는 모양이었다. 갑을 관계가 아주 선명하게 드러나 있던 전통적인 이력서 양식들은 어느새 신식의 것으로 옷을 갈아입기 시작했다. 모 회사의 블라인드 심사가 기사로 보도되면서 너도나도 이력서 다이어트를 시키기 시작했고, 덕분에 더는 나의 신상정보를 털리지 않아도 되었다. 몸무게를 적어내지 않아도 된다니, 맘마미아!

경력자에겐 경력이 최고의 스펙이 된다. 그리고 나는 뭇 사람들의 말로 소위 가장 잘 팔려나간다는 삼 년 차 주니어였다. 같은 구직자 신세인데 무경력자였을 때와는 완전히 딴판이었다. 일단 불러주는 회사가 있다면 감지덕지하는 게 아니라, 너무 많은 곳에서 연락이 오는 나머지 내가 가고 싶은 회사에 대한 마지노선을 정해두고 적당히 쳐내는 수완이 필요했다.

그래서 나는 태어나 처음으로 회사를 골라 보기로 했다. 내가 회사에 원하는 게 어떤 것인지부터 곰곰이 생각했다.

밥값. 이제까지 다녔던 회사들은 다 밥값을 지원해 주었으므로, 다음 회사도 되도록 밥값을 주는 곳으로 가길 바랐다. 하지만 사정이 여의치 않다면 연봉을 조금 더 올리는 쪽으로 협의해봐도 될 것 같았다.

내가 쓸 업무 장비는 내가 고를 수 있다면 좋겠지만, 그게 아니라면 최소한 운영체제 정도는 선택권을 줄 수 있는 곳이길 바랐다. 직급이나 지위에 구애받지 않고 자유롭게 일할 수 있는 환경. 경쟁력 있는 서비스. 이미 출시한 서비스라면 인지도가 어느 정도 있는 거라면 더 좋겠다고 생각했다.

캐시카우 없이 개발 기간이 엿가락처럼 늘어지고 있는 회사는 피하기로 했다. 매출이 없는 회사는 개발에 드는 비용을 투자금으로 충당할 수밖에 없고, 서비스를 시작하더라도 손익분기점을 넘기지 못한다면 구조조정은 피할 수 없다. 다 알면서 같은 전철을 밟을 필요는 없었다.

그러던 중 한 스타트업으로부터 면접 제의를 받았다. 해외에서 인지도가 있는 서비스를 하고 있었고, 다국적 동료들과 같이 손발을 맞출 수 있다는 점이 맘에 들었다.

면접을 보러 간 순간부터 그 회사가 마음에 들었다. 잔디와 나무가 어우러진 널찍한 테라스와 전면 유리가 아늑해 보이던 사무실. 일하다 잠시 빈백에 누워 쉬는 사람들. 한국어와 영어가 여기저기 뒤섞인 말소리들. 젊고 자유로운 혈기들은 다 거기 모여 있는 거 같았다.

질문 수준도 괜찮았다. 공학 전공자가 아닌데 왜 이 일을 시작하셨어요, 아니면 왜 그렇게 일을 늦게 시작하셨어요, 술은 좋아하시나요 같은 질문을 받았다면 좀 실망스러웠을 것이다.

면접관들은 내게 무의미한 자기소개를 시키는 대신 내가 해온 일들이나 경험에서 배운 내용에 대해 집요하게 물었고, 개발 프로세스나 커뮤니케이션 방식에 대해 서로가 치열하게 논쟁했다.

면접을 보는 자리는 갑이 을을 판단하는 시간이 아니고, 지원자와 회사가 서로 소개팅을 하는 자리라는 말을 아마 이때 처음 들어보았을 것이다. 우리가 합격했다는 연락을 드리더라도 그게 다가 아니니까, 나도 나로서 회사와 같이 일할만할지를 고민해 보라는 이야길 들었다.

나는 그 회사를 택하기로 했다. 안정된 직장이라고 말할 수는 없겠지만 시간을 들여 투자해볼 만한 가치는 있다고 생각했다.

결론적으로 그 시간을 들여 배운 점들이 있었다. 일단 나는 스타트업의 생태계에는 어울리지 않는 사람이라는 것.

일하는 시간만큼 자기 시간이 소중한 사람은 그 혹독한 환경에 적응할 수 없을 것이다. 그리고 스타트업을 고르는 데에는 더할 나위 없이 신중해야 한다는 것도.

그래서 다시 이직했다. 그렇게 조우하게 된 나의 네 번째 회사. 나는 거기에서 마침내 비교적 길고 안정된 생활을 영위하게 되었다.

근속 연수를 성실성의 척도로 삼는 업계도 있다고 들었다. 경력 기술서에 퇴사 사유를 적어내야 하는 곳도 있다고는 하는데, 내가 몸담은 쪽에서는 근속에 별 의미를 두지 않는 편이다. 입사 지원한 사람이든 면접을 보게 될 사람이든 누구나 살아오며 내가 겪었던 일련의 과정들을 한 번은 거쳐보았기 때문이라고 한다.

그래도 내가 겪어온 일들은 마무리가 깔끔한 편이라고 말하던 그 동료는, 아직도 전 직장으로부터 퇴직금을 다 정산받지 못해서 골머리를 앓고 있었다.

그러니까 여기서는 해고든 구조조정이든, 다니던 회사를 몇 달 만에 제 발로 걸어 나오는 일이든 이 모든 것이 누구나 겪을 수 있고 어디에서든 일어날 수 있는 보통의 일에 불과하다. 그래서 면접 때 전 직장에서 나오게 된 이유라거나 회사를 어째서 반년밖에 다니지 못했는지, 해고를 당한 원인이 본인에게 있다고 생각하지는 않는지와 같은 질문을 받을 일도 좀처럼 없었다.

오히려 회사의 경영 방침이 내 가치관과 맞물리지 않는 데도 참으면서 다니는 걸 비합리적이라고 생각하는 분위기가 좀 있는 것 같다.

다녔던 회사 중에 이런 곳이 있었다. 위아래의 소통 창구가 열려있고, 경영지원 쪽에서는 좋은 업무 분위기를 만들어주기 위해 최선을 다하고, 직원들의 사기가 높고 협업도 원활하게 잘 되던 다분히 이상적인 곳이었다. 직원들이 회사를 진심으로 아끼는 게 여실하게 느껴졌고, 나도 회사를 좋아했다.

문제가 하나 있었다. 회사의 매출이 영 회복될 기미를 보이지 않자 투자자들은 대표를 바꾸기로 했다. 새 대표는 직원들과 의사소통일랑 아예 할 줄 모르는 독불장군이었다. 개발실의 기역 자도 모르면서 당신이 종사해온 영업 분야의 업무처리 방식을 개발실까지 강제로 적용했고, 사람들은 반발했다.

아마 그 대표는 탑다운 방식으로 찍어 누르면 사람들이

찍소리도 못하고 따라갈 거로 생각했던 모양이다. 왜 그토록 경영지원실에서 광고해가며 돈을 써가며 인재들을 영입하려고 노력하고 있었는지는 요만큼도 고민하는 것 같지 않았다.

개발 조직 사람들은 앞다투어 탈출하기 시작했다. 그게 어느 정도였냐면 그해 퇴사율이 팔 할에 미칠 만큼이었다. 나는 사람들이 그렇게 썰물처럼 빠져나가는 걸 태어나서 처음 보았다. 몇 달도 채 안 되어 개발실은 반의반 토막이 났다. 내가 나간 이후에도 한동안 자리를 지키고 있던 동료 말로는, 서비스 장애가 일어났는데 대응할 수 있는 사람이 없었다고 했다.

그들은 정글 같은 업계의 생존자들이다. 수차례의 해고와 구조조정으로 다져진 사람들은 한때 회사가 아무리 아름답고 이상적이라도 회사를 전적으로 신뢰하지는 않는다. 언제고 나갈 수 있도록 자기 자신을 연마하고 매달 이력서를 새로 업데이트한다. 공을 누가 먼저 쏘아 올리냐는 단지 순서의 문제일 뿐이다. 그리고 시간의 문제이기도 하다. 만반의 준비를 마치고 내 발로 제때 나갈 것인지, 타의로 자리를 잃을 것인지.

침몰하는 배에는 남아있는 게 아니야. 먼저 나간 사람들은 어서 따라 나오라며 나를 종용했다.

사필귀정이라고 해야 하나 인과응보라고도 할 수 있을까, 투자금을 받아 사업은 크게 벌여놓고 손익분기점을 넘지 못하면 사람부터 자르고 보는 업계의 관행은 사람들에게 철두철미한 준비성을 길러놓는 부작용을 낳았다.

언제고 나갈 준비가 되어있는 사람들에겐 무서울 게 없다. 그들은 정규직이라는 타이틀에 의지하지 않는다. 그래서 점심시간을 쪼개 쓰면서 공부를 하고, 근무를 마치고서도 회의실에서 나머지 공부를 한다. 주말마다 스터디 모임을 다니면서 틈틈이 이력서를 고친다. 휴가를 쓰고 놀러 가는 대신 개발 컨퍼런스를 돌아다닌다. 생계가 걸린 문제에서 사람들은 단단해진다.

수 달 전, 친구가 희망퇴직을 당했다. 회사 측에서 진행 중인 프로젝트를 접기로 하면서 거기에 참여하고 있던 사람들을 대거 정리한 모양이었다. 역설적이지만 칼끝은 그 프로젝트를 하기로 한 의사 결정권자들이 아니라, 단지 참여하고 있었던 사람들에게로 향했다. 오래전에 내가 당했던 것과 같이. 거긴 언젠가 직원들에게 큰 포상을 했던 일로 유명한 회사였다.

친구는 한숨을 쉬었다. 아직은 삼십 대니까 이렇게 되어도 괜찮아. 그런데 사십 대 중반 넘어서 혹은 오십이 넘어서 이렇게 잘리게 되면 그땐 어떡하지?

그의 이야기를 듣고 너무 씁쓸했다. 업계의 고용 불안정성은 여전하다. 그건 또 언젠가 나의 사정이 될는지도 모른다. 나는 불현듯 살아가는 일이 몹시 두려워졌다.

지금이야, 도망쳐!

한 달에 한 번씩 거나하게 연다는 사내 파티, 거기서 행복해 보이는 사람들. 채용공고에 그런 사진이 올라가 있다면 혹하지 않을 사람들은 아마 없을 거다.

다양한 국적의 동료들과 한곳에 모여 평등하게 일하는 모습. 화려한 카페테리아와 우아한 사무실 인테리어. 일 년 동안 사용할 수 있는 휴가 개수에 제한이 없다거나, 일 년 내내 재택근무를 할 수 있는 환경을 지원한다거나, 호텔식 아침 식사 서비스를 해준다거나 하는 회사에서 일하면 얼마나 좋을까. 소싯적 나는 그렇게 생각했었다.

친구네 회사는 워크숍을 해외로 갔다. 삼 박 사 일 일정으로 신나게 놀고 온다고 했다. 다른 친구네 회사에는 헬스클럽이나 도서관, 육아 시설 같은 것들이 있었다. 좋아 보였다. 출퇴근 시간이 자유로운 회사들도 있고, 수백만 원의 복지포인트를 주는 곳도 있고, 너 나 할 것 없이 사람들은 다른 회사들의 복지체계에 대해 궁금해하거나 부러워했다.

누구도 내게 회사를 고르는 법에 대해 알려주지 않았다. 세태는 아무래도 나에게 맞는 회사를 골라 지원하는 것보다는 어떤 곳이든 회사를 가는 것 자체를 중요하게 여기곤 했다. 운이 좋게 여러 회사에 합격하더라도 대체로 규모가 더 크고 연봉을 많이 주는 회사로 가는 게 일반적이었다. 복지체계나 연봉 정보 말고 회사를 가늠할 수 있는 자료가 거의 없기도 했다.

그래서 나도 껍데기가 화려한 회사를 골랐다. 수십 개에 달하는 복지들을 자랑스럽게 나열한, 자칭 외국계 회사라는 곳이었다. 지인의 추천 찬스로 입사한 나는 거기서 이전에는 해보지 않은 새로운 일을 하게 될 예정이었다.

입사 첫날. 나는 새로 입사한 다른 세 사람과 마주 보고 앉아서는 인사팀 직원의 안내를 무료하게 듣고 있었다. 그는 마치 회사가 자신의 것인 양 여러분이 얼마나 좋은 환경에서 일하게 될 것이며 앞으로 우리가 누리게 될 혜택에는 어떤 것들이 있는지에 대해 침이 마르도록 연설했다.

그러니까 나는 12월 입사자이기는 하지만, 회사의 휴가 제도가 워낙 '선진적'인 덕에 올해 다섯 개의 휴가를 받게 되었다고 했다. 그러니까 반드시 이번 달 안에 다섯 번을 쉬라 그랬다.

경력에 따라서 얼마 정도의 자기계발비도 나온다고 했다. 안경을 사도 되고 운동을 다녀도 되고 공연을 보아도 되니까 한도 안에서 마음껏 쓰라고.

식사는 점심과 저녁을 제공하는데, 나중에는 조식도 제공하게 될지도 모른다고 했다. 자유로운 분위기와 매달 있는 나이트 파티도 기대하라는 말을 끝으로 그는 회의실을 벗어났다. 혹할만한 이야기들이었다. 나는 거기가 천국인 줄 알았다.

그래서 그 회사가 진짜 천국만 같았다면 내가 지금 이 글을 쓰고 있지도 않을 것이다. 그 괴팍한 실상을 모조리 파악하는 데에는 일주일도 채 걸리지 않았다.

팀을 구성하는 사람들은 홍해처럼 동과 서로 갈라져 있었다. 서로 얼굴을 마주하지도, 안부를 묻지도 않았다.

매일 퇴근하기 전이면 욕지거리에 가까운 고성이 공기를 날카롭게 베었다. 나는 초식동물처럼 몸을 움츠리고 귀를 활짝 열었다. 목소리의 발원지에는 일방적으로 가하는 사람과 일방적으로 당하는 사람이 있었다.

아니, 이거 어제도 물어본 거 아니에요? 왜 똑같은 걸 다시 물어보죠?

이보세요, 누구누구 씨. 오늘 자 업무 일지를 보니까 스크럼 미팅을 20분 했다고 써놨더라고요? 우리가 언제 스크럼 미팅을 20분이나 했죠? 제가 아까 시계로 재보니까 14분 나오던데요? 아주 매일같이 거짓말을 달고 사시네요. 이거 명백한 업무 태만이에요. 한 번만 더 업무 일지로 거짓말하면 나 가만히 안 있어요. 네?

제가 아까 스크럼 할 때 질문할 내용이 있다면 질문하라고 그랬었죠? 왜 아까는 가만히 있다가 인제 와서 질문하죠? 왜 똑같은 말을 여러 번 해야 하죠?

그렇게까지 말해야 할 일인가 싶었다.

수단과 방법을 가리지 않고 피할 수만 있다면 어떻게든 피하고 싶은 순간이 있었다. 스크럼을 빙자한 폭력의 시간이었다. 있어서는 안 되는 폭언이 사람들의 가슴에 칼날처럼 꽂혔다.

그는 잔혹했다. 새로 입사한 사람들만 보면 얼굴이 붉으락푸르락했다. 그는 욕을 달고 살았다. 그의 말 한마디에 누군가는 OJT를 해줬는데도 말귀도 못 알아듣는 멍청이가 되었다. 당신이 무슨 가위라도 되는 양 입만 열면 다 잘라버릴 거라고 소리를 쳤다. 하루에 한 번씩은 꼭 그랬다. 인사권도 없었으면서 맨날 사람들을 평가했다.

너는 일머리는 좀 있는 거 같아, 그런데 이런 게 맘에 안 들어.

이 양반은 업무 일지에 또 거짓말을 해 놨네? 이 업무를 진짜 두 시간 했어요? 오늘 한 거 정리해서 메일로 다 보내 주세요. 두 시간 치 분량 아니기만 해봐요.

누구 씨는 왜 질문을 하죠? 우리가 그렇게 한가해 보이나요? 우리 엄청 바쁜 사람들이에요. 그러니까 당신들이 뽑힌 거 아냐?

늘 이런 식이었다. 나는 매일 조금씩 시들어갔다.

뭐만 물었다 하면 OJT 때 뭘 들었냐는 답이 돌아왔다. 왜 신규 인력들은 각자 들은 내용을 공유하지 않고 똑같은 질문을 여러 명이 여러 번씩 하는지 모르겠다고, 밥값들을 못하는 것 같다는 비아냥과 함께. 누구 하나가 '실수로 질문하면' 새로 입사한 사람들이 다 같이 욕을 먹었다. 거기에 신규 인력들의 얼평까지 더해지곤 했다. 조용히 듣고 삼키기엔 너무 수치스러운 말들이었다.

개업하고 십 년 정도 되었다는 회사의 컨플루언스 페이지는 대체로 공란이었다. 얼마 안 되는 자료들은 대체로 오래되어 참조하기도 모호한 것들이었다. 일하는 데 필요한 방대한 지식 체계는 오로지 기존 인력들의 머릿속 혹은 로컬 저장소에만 기록되어 있었고 자세한 내용은 공유되지 않았다. 정보의 비대칭성은 점점 더 한쪽으로 기울어져 매일같이 같은 종류의 다른 불화들이 이어졌다.

질문은 한 사람당 하루에 한 번만 할 수 있었다. 새로 입사한 사람들은 이 기회를 잘 이용해야만 했다. 그래서 정보를 주고받기 위한 메시지 방을 하나 파기로 했다. 각자 질문했던 내용은 그 방을 통해 서로서로 알도록 했다.

문의할 때에는 신중해야 했다. 하루에 한 번밖에 없는 절호의 찬스였기 때문이었다. 그건 그들이 정한 규칙이었다. 일하기 위해 그들의 지식이 필요했으므로 그들의 뜻에 따라야 했다. '질문 방'에 들어가 있는 사람치고 그 규칙을 깰

만한 힘을 가진 이는 없었다.

뭐가 그렇게 바쁜지 모르겠지만 질문에 대답해 줄 시간도 없이 바쁘다고들만 했다. 그 회사의 퇴근 시간은 여섯 시 반이었는데, 솔직히 말하면 여섯 시 사십 분만 되더라도 자리에 남아있는 사람은 거의 없었다.

아는 것도 물어가면서 일을 해야 할 판에 물어보질 못하게 하니 사고가 나는 건 예정된 일이었다.

그리고 사고가 났다. 내가 가장 혐오하는 그 사람이 사고를 낸 사람을 데리고 회의실에 갔다. 사고를 낸 그 사람은 평소에도 자잘한 실수를 자주 하는 것처럼 보였다. 그렇게 보였다. 그렇게 보였다고 한 건, 입사한 지 얼마 되지도 안 된 사람에게 중책을 맡겨놓고 그 일에 대해 가이드 한 번을 제대로 해주는 모습을 본 적이 없기 때문이었다. 경력자가 신도 아니고, 이삼십 년을 구른 베테랑이라도 그 상황에서는 사고를 피할 수 없었을 것이다.

시간은 대단히 더디었다. 이대로 계속 가면 안 될 것 같은데, 도망가야 할 것 같은데 그러지를 못했다. 다시 취업 시장에 나가기엔 나의 경력이 너무 보잘것없었고, 곧 나이의 앞자리가 바뀔 것이었다. 동년배들은 대리를 달았다고들

했다. 다른 사람들의 사회생활도 이만큼은 힘들겠지, 버텨야지 하며 다독이다가도 자려고 불만 끄고 나면 눈물이 나기 시작했다. 그놈의 돈이 뭐라고, 회사가 다 뭐라고.

그건 정신적 측면에서의 괴롭힘이라고 생각하는데, 아무리 생각해도 괴롭힘이 아닌 다른 단어가 떠오르지 않는다. 나는 당신들에게 전혀 관심이 없었지만, 그들은 나의 일거수일투족을 사사건건 참견했다.

그날따라 배가 너무 아팠다. 아침부터 체한 것처럼 명치가 싸하더니 이제는 아예 앉아있지도 못할 정도로 고통스러웠다. 식은땀이 났다. 나는 배를 움켜쥔 채로 화장실 벽에 기대어 있었다.

그때 화장실로 불쑥 들어온 그녀. 나만 없다 하면 내 험담을 하느라 정신없던 사람이었다. 그녀가 내게 무슨 일이냐고 물었다. 배가 너무 아프다고 했더니 그녀는 대뜸 다른 사람들이 다 있는 그 자리에서 이렇게 외치기 시작하는 것이었다.

임신했네? 임신이야! 임신!

나는 너무 당황해서 할 말을 잃었다.

그거 임신이야. 정확해. 내가 애 둘 낳아봐서 알아.

그녀의 말대로라면 전 세계의 모든 가임기 여성은 명치가 아플 때마다 임신이 되어야 할 것이다. 내가 정말 임신을 했는지 아닌 지야 열 달이 지나 보면 알 일이라 구태여 그런 게 아니라고 구구절절 설명할 필요도 느끼지 못했다. 아무리 사람 대 사람으로서 나를 호감으로 여기지 않는다고 하더라도 아픈 사람에게 장난으로라도 할 말이 있고 아닌 말이 있다고 생각했다. 그 사람의 언행은 정말 수준이 너무나도 떨어지는 종류의 것이었다.

끓어오르는 화를 주체할 수가 없는데, 입술을 깨물면서 그 자리를 빠져나왔다. 왜 그렇게 참았는지 모르겠다. 그 자리에서 대놓고 면박을 줄걸. 다시는 내 앞에서 얼굴 쳐들고 그런 소리를 못 하게 만들어줄걸. 많이 후회했다.

그 무리는 정말이지 대단한 사람들이었다. 하루는 일하는 내게 다가와선 빈 과자봉지를 내밀면서 선심 쓰듯 말했다.

이거 요즘 대유행하는 감자 과자야, 한 입 먹어볼래?

과자봉지는 텅 비어있었다. 자세히 말하면 봉지 가장자리 끄트머리에 모래알 같은 부스러기들이 걸려 있었다. 기가 막혔다. 그건 누군가에게 권할만한 상태가 아니었다. 나는 그들이 굉장히 무례하다고 생각했다.

그들의 방자함은 때때로 도를 넘었다. 그들 중 하나가 내 치마를 들친 일도 있었다. 예기치 못한 공격에 당황한 나는 얼른 치마를 정돈했지만, 정말이지 너무 황당해서 어떤 말이랑 꺼내지도 못했다. 그날은 좀처럼 잠을 이룰 수가 없었다. 너무 분해서 눈물이 주체 없이 흘렀다.

이 모든 부당함을 참아낸 대가로 고작 얼마 정도의 월급을 받았다. 버텨내야 하니까 울고 싶을 때마다 부모님을 생각했다. 파스타가 먹고 싶다고 엄마를 졸라댔던 일을 떠올렸다. 독서실을 보내 달라고 떼쓰던 기억을 끄집어냈다. 나를 먹이고 입히고 공부를 시키는 데에 들어갔을 돈을 상기시켰다. 부모님은 내 앞에서 늘 과묵하셨지만 나는 이제야 헤아릴 수 있다. 그 돈을 벌어내기까지의 과정들이 얼마나 잔인하고 모질었을지를.

표정 없는 사람이 되기로 했다. 되도록 제 색을 내지 않으려 했다. 어떤 말도 하지 않았고, 무슨 말이라도 주워듣지 않았다. 모니터 앞에 앉아있을 때가 아니라면 눈을 감았다. 나를 둘러싼 사무실의 모든 광경이 메스꺼웠다.

그놈의 시발, 시발. 스크럼 할 때마다 욕을 일삼던 그 사람이 기어이 일을 내고 말았다. 사람들은 왜 자신들이 대회의실에 '집합' 당했는지, 그 상황에 대해 이해도 하지 못한 채 오들오들 떨고 있었다. 나는 그가 술에라도 취한 줄 알았다. 얼굴이 불콰해진 채로 도무지 입에도 담기 어려운 욕설을 지껄이며, 내가 네놈들을 다 잘라 버리겠다고 윽박지르는 그는 사람의 얼굴을 하고 있지 않았다.

아까 스크럼 때 누가 질문을 했다. 두 가지가 문제가 되었다. 질문한 것과 그 질문을 한 것. 어떻게 봐도 문제가 되지 않는 것들을 놓고 문제라고 했다. 아무 말도 하지 말았어야 했다고 했다.

백번 양보해서 그 사람이 똑같은 질문을 열 번 했다고 쳐도, 이해가 안 되어서 물어보는 거라면 이해가 될 때까지 도와줄 수 있어야 한다고 생각했다.

이후에 다닌 어떤 회사에서도 질문하는 거로 문제 삼는 때는 없었다. 서로 긴밀하게 일하는 업종 특성상, 아는 것이라도 서로서로 다시 한번 확인하는 게 중요했다. 대체로 질문하기를 독려했고 문제로 보는 경우는, 그 회사 하나뿐이었다.

아무튼, 생에 가장 고된 순간이 지나가고 있었다. 그는 사람들에게 자리에 앉지 말고 일렬로 똑바로 서라고 했다. 나는 그 말에 충격을 받았다. 그는 사람들을 구석으로 몰았다. 그리고 말로써 할 수 있는 모든 위협을 가하기 시작했다. 끔찍하고 무서웠다. 모욕적이었다. 이외에 달리 형용할 수 있는 말이 없을 만큼. 나는 눈을 감은 채로 어서 이 순간이 빨리 흘러가기만을 바랐다.

달아나듯 사무실을 빠져나왔다. 헤아릴 수 없이 많은 경멸의 단어들이 내 귀로 스며들었다. 그의 거친 욕설이 손가락 마디마디에 서려 있는 것 같았다. 귀와 손을 씻어내고 싶어서 화장실에 갔다. 거기서 나와 같이 회의실에 갇혀 있어 과장님을 마주쳤다. 회사 생활을 십 년은 족히 했다던 그녀의 두 눈두덩이 새빨갛게 부어올라 있었다.

이게 겉보기에 그토록 호화롭던 외국계 회사의 참담한 실상이었다. 나는 그 회사에 다닌 후유증으로 한동안 사람들과 어울리지 못했다. 사람이 두려워서 누군가의 눈을 똑바로 바라보지도 못했고, 대화를 이어나가지도 못했다.

월급. 있으나 없으나 사는 데에 크게 지장도 없을 만큼 적은 돈 벌겠다고 정신건강을 저버린 결정을 나는 두고두고 후회했다.

남의 삶에 가타부타 덧붙이는 걸 아주 싫어하지만, 이 자리를 빌려 딱 한 마디를 할 수 있다면, 이 말만은 꼭 하고 싶었다. 돈은 필수 불가결한 게 맞긴 한데 있다가도 없고 없다가도 있는 게 돈이라고. 그러니까 마음을 버려가면서 까지 돈을 구하지는 말아 달라고. 사회생활이, 돈벌이라는 게 중요하기는 하겠지만 자신을 잃어가면서까지 돈을 벌거나 경력을 쌓는 건 아무런 의미가 없다고. 개개인이 사회에 맞서서 이겨낸다는 게 생각처럼 쉽지 않으니까 무리하지 말라고. 이해할 수 없는 부당함이 내 앞길에 도사리고 있을 땐 헤쳐나갈 생각 말고 그 길로 도망가라고. 회사는 들어가 봐야 아는 거긴 한데, 막상 가고 보니까 진짜 아니다 싶으면 바로 도망가라고. 꼭 그렇게 하라고.

불편한 상견례

안 입는 옷을 정리하기로 했다. 아직 말짱하지만, 손이 안 가는 것들은 골라서 기부하고, 낡은 옷들은 수거함에 넣기로 했다.

장롱을 뒤집었다. 옷이란 옷은 죄다 빼놓고 부산스럽길 한 시간여, 오랫동안 눈길에 와닿지 않았던 위 칸 가장 왼쪽에 걸려 있던 정장을 발견했다. 내가 가지고 있는 단 한 벌뿐인 정장이었다.

한 벌에 수십만 원은 하는 정장을 제값 치르고 살 엄두가 나지 않았다. 그래서 아웃렛을 종일 뒤졌다. 저쪽 건물에서 깔끔한 스퀘어 넥 블라우스를 이만 원에 건지고 다른 건물로 넘어가서 떨이하는 스커트를 이만 구천 원에 건지고, 또 다른 어느 아웃렛을 하이에나처럼 돌아다니다가 제법 쓸만한 재킷을 삼만 원에 구매했다.

나는 그 정장이 맘에 들었는데, 엄마 아빠는 자꾸만 내게 미안하다고 그랬다. 마음 같아서는 백화점에서 말끔한 정장 한 벌 사주고 싶은데, 그럴 형편이 아니라서 미안하다 그랬다. 꼭 손님한테 송구스러워하는 모양으로 늘 내게 미안하다고만 했다. 우리 집이 그리 유복하지 않다는 건 익히 알고 있는 사실이고, 비싼 정장이 필요했던 것도 아니고 부모님이 내게 미안해야 할 이유가 있는 것도 아니라서 나는 미안하다는 말을 듣는 게 불편했다. 부모님이 미안하다고 말할 때마다 깊이를 가늠할 수 없는 검은 바다 끝으로 가라앉는 기분이 들었다.

나는 그 옷을 펭귄 정장이라고 불렀다. 큰 회사로 면접을 보러 갈 때면 대기실에 오글오글 모여 있는 펭귄의 군락을 볼 수 있었다. 하나같이 등은 까맣고 배는 하얀 황제펭귄들의 무리였다.

경력자들은 사정이 좀 다를 수 있더라도 신입 면접에서는 으레 펭귄 정장을 갖추는 게 일반적이라는 인식이 있었다.

그래서 모두가 그렇게 입었다. 다들 그렇게 하는데 나만 달리할 수도 없었다. 겉모습이 튀어서 좋을 게 없다는 인식도 있었다. 남들처럼만 하면 중간은 간다고들 그랬다. 당대의 취업 사이트에는 이런 질문들이 너무나도 많았다.

저는 정장이 하얀색 투피스밖에 없는데, 면접 때 입기엔 아무래도 어렵겠죠?

제가 지원한 그룹의 상징색은 파란색인데, 빨간 넥타이를 매고 가면 안 되겠죠?

면접 날 다들 미용실 가서 머리하시나요? 비용이 보통 얼마나 되나요?

다들 스타킹은 어떤 거 신나요? 내일 춥다는데 검정 스타킹 신고 가면 안 될까요?

아무리 생각해도 면접 보러 가는 건 손해 보는 장사였다. 면접장에 들어가 있는 단 한 시간을 위해 과히 많은 공을 들여야 했다. 그 면접에서 합격할 가능성이 몇 퍼센트나 될 줄도 모르면서, 아마 일 퍼센트도 안 될 것 같은 처참한 실현성에 간절한 마음을 기대어 서너 개의 스터디 모임에 참여했다. 예상 질문을 뽑고 바람직한 답변 리스트를 만들어 달달 외웠다.

면접 당일엔 미용실에도 가야 했다. 그즈음엔 면접 때 미용실에서 머리와 화장을 받는 게 보편적이었다. 당연히 그렇게 하고 싶지 않았다. 미용실에 한 번씩 갈 때마다 오만 원씩 깨졌다. 돈을 아끼고 싶으니까 집에서 어떻게든 해보겠다고 머리를 아무리 깔끔하게 넘겨봐도 하필 미용실에서 승무원 케어를 받고 온 사람이 옆에 배정되면 한눈에도 다른 티가 났다. 내 눈으로 봐도 내가 초라했다. 울며 겨자 먹기로 면접 날마다 미용실에 다닐 수밖에 없었다.

학교에서는 반기에 한 번씩 무료로 '셀프 이미지메이킹' 클래스를 진행했다. 전문 강사가 나와 지원자들의 얼굴형을 분석한 뒤 용모에 어울리는 화장법을 가르쳐주는 시간이었다. 대체로 여성 지원자들에게 초점이 맞추어져 있었지만, 드문드문 남학생들도 클래스에 들어와 머리를 만지는 방법 같은 걸 배우고 갔다.

과하다고 생각했다. 일자리를 구하기 어려운 상황이 만들어낸 기현상일 것이다. 요즘 입사 지원하는 사람들은 하나같이 출중하다. 눈에 띄는 경험을 해오고, 신입으로 입사 지원하기 전부터 이미 다른 데에서 일도 겪어보고, 영어도 잘하고. 그런데 그런 걸출함으로도 면접관들의 마음을 얻어내기가 어려워서 어쩔 수 없이 다른 능력치로, 남들보다 더 눈에 띄는 것으로 번지고 번져나갔던 것일 것이다. 그즈음 외모도 경쟁력이라는 말이 인기 있는 카피 문구처럼 유행했었다.

아무리 추워도 스타킹은 살색 아니면 커피색이 낫다는 조언. 검은 스타킹은 답답해 보여서 마이너스라는 건 누가 정한 공식인지 모르겠지만, 밥줄이 아쉬운 구직자들에겐 진리처럼 간주하였다. 이때로부터 수년이 지난 지금도 겨울에 펭귄 스리피스 정장을 입은 취업 준비생들을 본다. 영하의 날씨에 커피색 스타킹을 신는 게 얼마나 고통스러운지 알기 때문에 측은한 마음이 들었다. 나도 그래 보았으므로.

인턴 계약이 끝나가던 그해의 오월로 기억한다. 나는 어느 이름난 회사의 인·적성 테스트에 막 합격한 참이었다. 업종이 업종인지라 남자 지원자를 선호할 수밖에 없다는 핑계인지 사실인지 소문인지 모를 그런 말들이 떠돌아다녔다. 나는 바짝 긴장했다.

그냥 깔끔하게 정리하고 면접에 갈까 아니면 남들이 하는 것처럼 그 당시 유행하고 있었던 '면접 룩'을 준수해야 할까 한참을 고민하다 안전빵을 택하기로 했다. 그건 현명한 결정이었다.

회사로 모인 사람들은 모두 다 한 가지 모양의 거푸집에서 빚어진 사람들인 것 같았다. 한결같이 똑같은 머리 다듬새와 옷과 색채와 분위기. 어쩐지 정보력이 좀 떨어졌던 게 아니었을까 싶은 단 한 명의 지원자만 유난히 눈에 띄었다. 그녀의 새하얀 재킷과 핑크빛 원피스는 새카만 펭귄의 무리 사이에 피어난 꽃처럼 화사했다.

실무진이라고 하는 다섯 명의 면접관은 약속이나 한 것처럼 사십 대 중반을 훌쩍 넘어선 중년의 아저씨들이었다. 상견례를 하는 것처럼 다섯 명의 입사지원자가 조를 이루어 회의실에 들어갔다. 남성 지원자 네 명에 어쩐지 깍두기처럼 끼인 나. 모든 조는 남성 지원자 네 명과 여성 지원자 한 명으로 짜여 있었다.

면접관들은 무료한 표정이었다.

가장 오른쪽 지원자부터 일 분씩 순서대로 자기소개부터 해주시겠어요?

나는 네 번째 차례였다. 옆 옆 사람이 자기소개를 죽 쑤듯 쑤는 광경을 처참한 심정으로 지켜보며 지난 면접 스터디에서 오가던 말들을 조용히 떠올렸다.

자기소개를 일 분 넘게 하면 감점당한대요.

그럼 자기소개 스크립트를 일 분에 맞게 짜서 달달 외우는 게 좋겠네요.

녹음기를 쓰면서 연습하면 더 좋데요. 저는 면접 스크립트 읽을 때 꼭 녹음해서 들어봐요.

신빙성이 있는 말들이었던 건지는 잘 모르겠다. 자기소개가 이어지는 내내 나는 면접관들의 표정에서 세상 무료해 보이던 감정만 읽을 수 있었을 뿐. 입사지원자들에게 그토록 간절했을 일 분, 그래서 한 자 한 자 그토록 정성스럽게 스크립트를 짜고 녹음까지 해가며 준비했을 자기소개를 면접관들이 얼마나 귀 기울여 들었을지도 잘 모르겠다. 단지 그 시간이 못다 읽은 입사지원서들을 재빨리 훑어보는 짬으로 사용되지만은 않았기를 바랐다.

갑과 을이 극명하게 구분되는 시점이었다. 나는 심호흡을 했다. 정신 차려야지. 내가 지금 있는 곳은 약육강식의 정글이야. 정글.

다음 순서는 토론 면접이었다. 지원자 다섯 명이 둥근 테이블에 둘러앉아야 했다. 자리를 잡는 사이 관계자가 와서 다음 면접은 어떻게 진행되는지에 대해 간략하게 알려주었다.

궁금한 게 있냐는 형식적인 물음과 침묵의 시간이 지났다.

주어진 시간은 십오 분. 한 사람이 삼 분 정도 발언할 수 있었다. 담론은 명확했다. 회사 편을 들어줄지, 말지만 결정하면 되었다. 진행자는 타이머를 눌렀다.

그거 알아요? 토론할 땐 자기주장을 너무 과하게 드러내도 안 되고, 지나치게 길게 말해서도 안 된대요. 다른 사람이 말할 때 경청해야 하고, 무조건 반박하면 점수가 깎인다고 들었어요.

스터디 모임을 다니다 보면 이런 면접 채점 기준에 대한 정보를 우연히 주워들을 때가 있었다. 그 기준이 얼마나 공신력이 있는지는 모르겠지만, 면접을 다 마치고 함께 참여했던 사람들과 이에 관해 이야기해보았더니 너도나도 들어보았더라는 반응이 좀 놀라웠었다.

마지막 순서는 다대다 면접이었다. 우리는 다시 다섯 명의 면접관들과 만났다. 뭐 일방적으로 얻어맞는 시간이었다. 그래도 그 회사는 지원자의 인격을 존중해 주려고 했지만, 다른 어떤 금융권 회사들은 압박 면접이라는 미명으로 지원자에게 인신공격을 서슴지 않았다고 들었다. 그 회사들의 방탕한 갑질에 대해서는 뉴스에도 보도된 적이 있다.

어쨌거나 아예 이름조차 불리지 않는 것보다는 어떤 식으로라도 호명되는 편이 나았다. 지원자들은 마음속으로 자신의 이름이 불리기를 간절하게 바라고 있었을 것이다.

면접은 마무리되었다. 힘없이 건물을 빠져나온 나와 다른 지원자들은 전형 결과를 공유하기 위해 카톡 방을 하나 만들어놓고 각자의 길로 흩어졌다.

결과를 통보받기까진 이삼 주 정도가 걸린다. 그 사이는 세상에서 가장 길고 지루한 시간이 슬로 모션처럼 더디게 흘러간다. 회사 측에서는 언제 어느 때까지 합격자를 발표하겠다는 공지 따위 하지 않는다. 그저 구직자들만이 짝사랑하는 마음으로 하루에도 수십 번은 회사채용 사이트를 들락날락할 뿐이었다.

보름이 지난 월요일, 취업 커뮤니티에 소식통이 하나 올라왔다. 내일 발표가 있을 거라 그랬다. 그런 정보는 어디서부터 어떻게 흘러드는 건지 모르겠지만 대체로 맞아떨어지곤 했다.

그때부터 이력서 쓰는 것도 손에 안 잡히고 누워도 오매불망 결과 생각만 간절했다. 심부름하러 다녀오는 길에도 머릿속이 복잡했고, 밥 먹을 땐 밥알을 세었다.

그리고 다음 날.

어차피 결과는 애초에 다 나와 있을 텐데, 발표는 왜 항상 저녁께 하는 건지 모르겠다니깐?

정확히 오늘 언제쯤 발표하겠다고 공지라도 해주던가. 기다리는 사람들 생각은 요만큼도 안 하는 거지 뭐.

사람들은 볼멘소리를 입에 담았다.

시계의 시침은 오후 여섯 시에 가까워지고 있었다. 나는 취업 커뮤니티를 끝없이 새로 고침하고 있었다. 그리고 이윽고, 결과 메일을 받았다는 최초의 게시물을 발견했다. 얼른 메일함을 열었다. 숫자 1이 표시되어 있었다. 합격이었다.

그날 자정을 넘기도록 많은 사람이 메일함을 열어놓은 브라우저를 끄지 못했을 것이다. 나는 아직도 메일을 받지 못했다고, 메일이 아무래도 차례대로 오다 보니까 자기는 좀 늦게 받는 모양이라고. 회사 측은 탈락한 사람들에겐 안내 메일조차 보내지 않았다. 메일을 받으면 합격, 못 받으면 불합격이었다. 그러니까 그 사람들은 탈락자들이었다. 그런데도 컴퓨터를 차마 끄지 못하고 모니터만 쳐다보는 간절한 마음이 어떤 건지 나는 알기 때문에, 실낱같은 희망에 얼마나 큰 절망감이 깃들어있는지도 가늠할 수 있으므로,

나도 쉽사리 잠을 청할 수 없었다.

 밤은 길었다. 헤어진 사람의 연락을 애처롭게 기다리는 모양으로 늦은 시간까지 전화기를 놓지 못하던 사람들, 아무 걱정 없이 두 발 뻗고 잠들려다가 문득 최종 면접 걱정에 두 눈을 번쩍 뜨고 만 사람들, 합격자와 탈락자 사이에서 괴로워하던 회색의 분자들.

 다시 몇 주 뒤에 최종 면접이 있었다. 최종 관문에 다다른 펭귄들이 그 건물로 다시 모여들었다. 한눈에도 그 수가 확연히 줄어든 그 생태계의 마지막 생존자들이었다.

 다시 네 명의 남성 지원자와 그 사이에 꼽사리로 낀 내가 한 조가 되어 면접장에 들어갔다. 꿀 정보에 의하면 최종 면접은 자기소개가 다 해 먹을 거라 그랬다. 그 말은 진짜였는지 면접관들 앞에서 나는 괜스레 목소리를 떨었고, 내 앞에 있던 할아버지 면접관은 나더러 심성이 여려 보인다며 한숨을 쉬었다. 내겐 어떤 질문도 들어오지 않았다. 보나 마나 뻔한 결과였다. 나는 오래도록 텅 빈 메일함을 지켜보았다.

 그로부터 십 년이 지난 2020년, 나는 연초에 이미 세 곳

의 회사에 최종 합격한 상태였다. 전염병이 곳곳에서 창궐하던 시국을 반영하여 면접은 모두 화상으로 진행하기로 했었다.

선택권은 내게 있었다. 사옥에서 면접을 보고 싶다면 사무실로 와도 된다고 했다. 회사 측에서는 면접자의 안전을 위해 방역 대책을 철저하게 세워두었으니 모쪼록 원하는 방식으로 진행하자고 했다. 다만 지원자인 나의 안전이 무엇보다 염려되므로 괜찮다면 대면 면접보다는 화상 면접을 먼저 고려해달라는 첨언이 인상 깊었다.

면접은 회사와 면접관의 일정에 맞추어 일방적으로 진행되지 않았다. 나의 시간도 함께 고려하여 조정되었다.

면접관들은 갑작스레 화상 면접을 제안한 것에 대해 내게 양해를 구했다. 나는 기분 좋게 고개를 끄덕였다. 이내 그들의 자기소개가 시작되었다. 이곳은 어떤 서비스를 하고 있는지, 당신들은 이름이 무엇이며 어떤 직무를 맡고 있는지에 대해 들을 수 있었다. 그에 맞추어 나도 자기소개를 했다. 이 회사의 이런 부분이 나의 니즈에 알맞아서 지원하게 되었고, 면접을 보는 동안 잘 부탁드린다는 말로 소개를 마쳤다.

한쪽이 다른 한쪽에게 일방적으로 질문을 쏟아내는 형태의 면접은 과거의 유산인 것처럼 느껴졌다. 나의 신상이나 인적 정보에 관한 질문은 받지 않았고, 일에 관련된 의견을 나누는 방향으로 대화를 이어갈 수 있었다. 반드시 면접관들의 생각에 동의를 표하지 않아도 되었다. 결과는 몇 날 언제까지 합불에 관계없이 알려드리겠다고 했다. 나는 알겠다고 했다.

뒤이어 다른 팀의 면접관이 들어왔다. 방금 진행했던 면접은 만약 내가 합격한다면 같이 일하게 될 팀의 사람들인데, 면접을 보는 동안 그들의 태도가 어떠했는지, 속이 상하거나 기분이 나쁠 만한 질문은 없었는지에 관해 이야기하는 시간이었다. 어떤 질문은 바람직하지 않다고 느꼈다면 이때 솔직하게 이야기해도 되었다.

할아버지 면접관을 끝으로 다른 업계에서 면접을 볼 일이 없었던 고로, 지금 내가 있는 IT업계의 울타리 바깥 사정에 대해서 더는 알지 못한다.

내가 종사하는 이 업계도 과거에는 탈락한 사람에게 메일로 결과를 알려주지 않았다거나, 이해되지 않는 질문들을 오가는 경우가 왕왕 있었다고 한다. 세태가 변했으므로 사람을 뽑는 과정에도 변화가 일렁이기 시작했을 것이다.

이 업계에서 면접은 한 쪽이 다른 한쪽을 간택하는 자리
가 아니라 양자가 선을 보는 시간에 가깝다.

그래서 서로 조심스럽다. 결혼 전 양가가 식사하는 자리
와 꼭 같이, 선을 보는 자리는 양자가 합의해야 한다. 회사
가 일방적으로 지원자에게 이 때맞춰 오라고 할 수가 없다.
요즘엔 지원자의 시간에 대체로 맞추어주는 분위기인데,
지원자가 휴가를 내고 면접에 오기를 부담스러워한다면 면
접관들은 평일 밤에 남아있다가 늦은 면접을 보기도 한다.
지원자가 회사 사정으로 야근을 감수해야 한다거나 일정을
다시 바꿔야 한다면, 편하게 이야기해도 된다. 어느 회사든
흔쾌히 면접 일정을 다시 잡아준다. 워낙 흔한 일이다.

상대방에게 자기소개를 요구한다면 나부터 해야 한다. 혹
지원자의 자기소개는 시간 관계상 생략하더라도, 회사 측
의 자기소개를 넘기는 일은 이제까진 없었다.

다른 업종으로 종사했을 적엔 이력서를 읽지도 않은 채
면접에 들어오는 면접관들도 몇 번 보았다. 자기소개서에
번듯하게 들어간 내용을 구태여 물어보는 사람도 있었다.
내 대답을 듣는 둥 마는 둥 하던 그 사람은, 아 여기 쓰여있

네요 하고 대답했다. 귀한 시간을 내어 찾아온 지원자에 대한 기본적인 예의도 없다고 생각했다.

운이 좋았던 건지 우연이었던 건지는 모르겠지만 업계를 넘어오고 나서는 이런 일을 겪어본 적이 없었다. 면접관들은 이력서와 자기소개서를 꼼꼼하게 읽었고, 어떤 내용이 기억에 남는데 이에 대해 더 구체적으로 말해줄 수 있는지 물어보았다.

자기소개서 내용으로 아이스브레이킹을 마치면 테스트 결과에 대해 질의응답을 시작했다. 이미 답안지를 꼼꼼하게 확인한 면접관들은 왜 이런 답안을 도출했는지를 논리적으로 설명해달라고 묻곤 했다. 곧 치열한 논쟁이 시작될 것이라는 신호탄이었다. 이쪽의 면접은 이런 식으로 진행이 된다. 문제에 접근하는 방식과 이 사람이 해온 일, 프로젝트의 방향, 효과적으로 일하기 위해 제안했던 것들과 이 회사에 적용할 수 있는 방안에 대해 깊이 토론한다. 한 사람이 고작 삼 분 이야기하고 전체 십오 분 컷으로 마치는 토론 아닌 토론 면접이 아니라, 실제로 서비스하는 프로덕트에 대해 현실적이고 적용 가능한 것들에 관해 이야기를 해왔다.

이력서에 스펙 한 줄 더하는 건 큰 의미가 없다고들 한다. 그보다는 그 사람 속에 들어 있는 내용물, 그러니까 스스로 강점이라고 생각하는 것에 대해 얼마나 잘 알고 있는지를 더 중요하게 생각하는 편이다. 만약 내 강점이 외국어라면 만점에 가까운 공인 외국어 성적표를 내는 대신 그 언어로 면접을 보면 된다.

물론 그 능력치들은 채용하는 자리에 어울리는 것들이어야 한다. 국내에만 서비스하는 회사에 면접을 보러 가서 러시아어를 잘한다고 해 봐야 소용이 없는 것처럼.

사정이 이러하다 보니 애매한 경력, 애매한 스펙 대신 실무에 대한 경험이나 기술요소를 드러낼 수 있는 방향으로 심사가 이루어지게 된다. 이 능력치들은 여러 가지 형태의 테스트로도 증명해내야 한다. 철저하게 일과 성과에 대해 검증하는 방식으로 채용 절차가 진행된다.

최종 면접이라고 해서 방심하면 금물. 임원진과 하하 호호 웃으며 이야기하는 인성 면접은 기대하기 어렵다. 보통은 직전의 면접들보다 더 강도 높은 실무 면접인 경우가 많았다.

사람을 정말 어렵게, 굉장히 신중하게 뽑는다. 그 자리에 가장 어울리는 사람이 나타날 때까지 일 년이고 이 년이고 기다린다. 아무리 급하더라도 제 역할을 감당할만한 사람이 아니라면 채용하지 않는다. 포인트는 '직무에 알맞은 사람인가'와 '우리 조직문화에 어울리는 사람인가' 두 가지다. 빨간 로고를 가진 회사에 파란 넥타이를 매고 갔다고 걱정할 필요도 없고 승무원 머리를 해야 할지, 정장을 입어야할지 고민할 필요도 없다. 그런 것들은 중요하지 않으니까. 어차피 면접관들도 슬리퍼를 끌고 면접장에 나타날 거다.

처음으로 업계의 담을 넘었을 때를 기억한다. 겉보기가 중요했던 이전의 영역과 알맹이를 중요하게 여기던 지금의 영역 사이에서 나는 이러지도 저러지도 못하고 갈팡질팡했었다. 면접관들은 편하게 입어도 난 그러면 안 될 것 같았다. 일 분 자기소개만 패기 있게 마치면 반은 성공한 거로 생각했다.

그렇지 않았다. 보이기식으로 준비하던 그 어떤 것도 통하지 않았다. 군대식 스크립트는 나를 증명하는 데에 하나도 도움이 되지 않았고, 뭉뚱그리고 듣기만 좋은 답변들로는 꼬리에 꼬리를 무는 업무적 질문들을 당해낼 수 없었다. 이제까지 겪어온 다른 곳들의 면접과 너무 달랐다. 같은 한국, 같은 하늘 아래에 있는 회사들인데 완전히 다른 세계로 나누어진 것만 같았다.

확실한 건 이전의 그런 분위기를 다시는 경험할 일이 없어서 행복하다는 것. 치열할지언정 합리성을 중시하는 분위기를 좋아한다. 면접관들이 상식적이다. 용모가 단정하지 않아도 된다. 아무도 남자친구는 있느냐, 결혼은 했느냐는 사적인 질문을 함부로 하지 않는다. 면접이라고 화장을 할 필요도 없다, 어차피 그런 것에 관심을 두는 사람도 없지만.

생략할 수 있는 것들을 과감하게 생략하고 힘도 좀 빼고 가자고 하고 싶다. 지원자에게는 언제까지 서류를 넣으라고 기한을 두면서, 기약 없이 발표를 미루는 건 삼가자고 말하고 싶다. 지원자가 관습적으로 치마 정장 입고 올 거 같은데 내일이 영하 십 도라고 하면, 제발 차림새 신경 쓰지 말고 따뜻하게만 입고 오라고 하는 회사가 많아졌으면 좋겠다. 치마 정장 입고 오는 게 좋다면 면접관 여러분들도 치마 입고 오세요. 면접 땐 화장하는 게 예의라는 생각은 과거의 유산으로 남기고, 알맹이를 봐달라고 외치고 싶다. 얼굴마담 뽑는 게 아니잖아요.

~~~~~~~~

'고맙습니다.'라고 하지 말라니요

사회생활을 무난하게 하려면 비문에 익숙해져야 했다. 예를 들어 "깨끗하게 사용해 주세요."라고 쓰면 될 걸 "깨끗한 사용 부탁드립니다."라고 말하는 편이 아무래도 좋았다. 간혹 전자와 같이 이야기하면 무례한 언행으로 받아들이는 사람들이 있었다.

평일 오후, 퇴근을 앞둔 어느 날이었던 거 같다. 앞줄에 앉아있었던 팀장님이 쓱 일어나더니, 날 선 눈으로 나를 바라보았다. 따가운 시선을 피할 길이 없었다.

뭐가 고맙니?

나는 네? 하고 되물었다.

뭐가 고맙냐고.

그러고 나서 팀장님은 도로 자리에 앉았다. 나는 그가 고개를 내밀고 있던 자리만 멀뚱멀뚱 쳐다볼 뿐이었다.

그때였다. 팀장님이 내게 이런 메시지를 보냈다.

아무래도 "고맙습니다." 하는 것보다는 "감사합니다."라고 말하는 게 낫지 않겠어요?

요지는 그거였다. 과장님, 차장님들도 감사하다고 하시는데 사원 나부랭이가 어딜 감히 높으신 분들에게 고맙다고 이야기를 해!

그러니까 그는 "감사합니다."가 "고맙습니다." 보다 더 공손한 표현이라고 생각하고 있었다.

순우리말 이름을 가진 또래들을 가끔 만난다. 팔십 년대 중후반을 넘어서면서 아이들에게 순우리말 이름을 붙이는 게 유행했었다고 들은 적이 있었다. 나는 하늘이, 나리, 별님이 같은 이름이 퍽 예쁘다고 생각했다.

학교에 다니던 시절에는 우리말을 아끼고 사랑하자는 캠페인이 자주 일어났었다. 선생님들은 같은 뜻을 지닌 한자어와 우리말이 있다면 우리말을 쓰는 게 더 바람직하다고 가르쳐주셨다. 그런 가르침을 받고 자라난 내게 "고맙습니다."라는 말을 "감사합니다."에 우선하여 사용하는 건, 정말 당연한 노릇이었다.

고맙다고 하든 감사하다고 하든 두 말은 결국 상통한다. 무얼 쓰더라도 상관은 없다. 감사합니다, 하고 말하는 게 익숙하지 않은 건 내가 자라온 배경 때문이다. 다른 환경에서 자라난 사람들은 고맙다는 말이 익숙하지 않을 수도 있다고 생각해왔다. 하지만 두 개의 표현 중에 어느 것이 우선하거나, 어떤 게 더 격식 있는 표현이라고 여겨온 적은 없다. 그에 대한 내 생각이 무조건 옳다고 말하고 다닌 적도 없었다.

나는 팀장님의 요구 사항이 불편했다. 부당한 지시라고 생각했다.

과거에는 한자어가 더 격이 높다는 주류적 생각들이 있었다는 걸 알고 있다. 신문의 주요 골자들도 모조리 한자로 찍혀 나오던 시절이었다. 한자를 모르면 그야말로 글을 읽을 수 없었다. 한자로 이름 석 자 정도는 쓸 줄 알아야 한다는 말을 귀에 못이 박이도록 들었다.

프랑스를 한 글자로 줄여 쓸 때 '프'가 아니라 '佛'로 써야 했던 이유를 어렸던 나는 영 이해하기 어려웠다. 사실 지금도 잘 모르겠다. 읽기도 힘들거니와 잉크값도 많이 들었을 것 같은데.

돈을 벌기 시작하면서 맞닥뜨려야 했던 꽈배기 같은 언어들. 동방 예의지국의 사람답게 매우 예의를 차리려고 이 수식어에 저 한자어까지 마구잡이로 발라놓아 형태를 잃어버린 말들을 보곤 했다.

장비 취득 및 수령 바랍니다. 이런 말들.

동료 하나가 피식 웃으며 말했다.

그냥 컴퓨터 가져가라고 하면 될걸, 뭘 저렇게 어렵게들 말하는 건지.

탄천을 산책하면 여러 가지 팻말들을 보게 된다. 뱀이 나타난 곳이었다는 안내문부터, 물이 범람하면 피하라는 경고문들. 머리를 조심하라는 표지판. 그것들은 대체로 우리가 실생활에서 사용하지 않은 한자어로만 이루어져 있었다.

하루는 '실족 주의'라는 경고문을 보았다. 어쩐지 족발이 떠올랐다. 그냥 미끄러지지 않게 조심하라고 하든 발 조심하라고 하든 그렇게 쓰면 되었을걸.

설마 나만 잘 안 쓰는 단어인가 싶어서 초록색 포털 창에 실족 주의라는 단어를 검색해보기로 했다. 역시나, 실존주의existentialism 철학 사상의 검색 결과들만 쏟아졌다.

다시 검색어를 '실족하다.'라고 바꾸어서 검색해보았다. '발을 헛디뎌 미끄러지다.'라는 뜻이 나왔다. 아무리 읽어보아도 전자의 실족한다는 표현보다 발을 헛디뎌 미끄러진다는 표현이 더 와닿는 것 같았다.

나는 어렴풋이 추측해보았다. 모르긴 몰라도 팻말 규격이 8byte 이내라던가 하는 어른의 사정이 있었을 거라고.

모르겠다. 어쩐지 공적인 것들은 어렵게 쓰이는 경향이 있다. 내 생각과 말을 전달하기 위해 쓰기치고 쓸데없이 까다롭다.

내 이름은 인턴, 호구라고도 합니다

  나는 대학교를 늦게 들어갔다. 그리고 늦게 졸업했다. 여러 개의 대외활동 이력, 성적, 그 외 스펙이라고들 부르는 어떤 것들. 남들에게 밀리지 않을 만큼 열심히 취업을 준비했다. 사람들은 직업을 가지려면 천명이 있어야 한다고들 했다. 내가 간절히 바라거나 노력하더라도 어쩔 수 없을 때도 있다고들 그랬다. 정말 어쩔 수 없는 건 어쩔 수 없나보다 하는 생각이 들었다. 구직 기간은 길어져 갔지만, 어디에서도 나를 선뜻 불러주지 않았다.

  지인들은 직장을 구할 때까지 모쪼록 재학생 신분을 유지하라 그랬다. 기졸업자는 지원조차 할 수 없는 채용공고도 있었다. 마지막 학기에 다다르도록 취업이 되지 않아 한 학기를 더 다니기로 했다. 부모님의 깊은 한숨을 애써 외면하고 방문을 걸어 잠갔다.

그로부터 얼마 안 되어 모 채용 포털 전문 회사의 인턴으로 뽑혔다. 반년 짜리 계약직이었지만 그마저도 간절했다. 일단 거기서 일을 하면서 계속 입사지원서를 쓰기로 했다.

사무실까지는 한 시간이 조금 넘게 걸렸다. 출근 때면 일호선 전철역, 특히 구로역에서는 늘 예기치 않은 신호 대기가 걸리곤 했으므로 이십 분 정도의 여유시간을 잡아놓고 출발해야 했다.

그렇게 해도 지각을 면할 수 없을 때도 있었다. 눈이 너무 많이 와서 전철이 오지 않은 날, 구로역에서 다음 열차를 한 시간 가까이 기다린 일이 있었다. 선로를 이탈한 차가 있어 뒤차들이 옴짝달싹도 하지 못하고 있다는 다급한 목소리의 안내를 들은 적도 있었다. 도리가 없는 일이었다.

일호선에서 이호선으로 갈아타려면 신도림역을 거쳐야 했다. 거긴 항상 번잡했다. 내가 계단을 내려가는 건지 파도와 같은 인파에 떠밀려 가는 것인지, 전철 안에 서 있는 건지 사람들 사이에 끼어 있는 건지 모를 얼마간을 감수해야만 사무실에 다다를 수 있었다. 지칠 대로 지친 상태였지만 일을 시작해야 했다.

회사는 중소기업 청년인턴제 지원을 받고 있었다. 그 지원금으로 나에게 떨어지는 월급은 96만 원. 물론 식비와 교통비 포함. 당황스러울 만큼 당당하게 과로를 요구하던 것에 비하면 쥐꼬리만도 못한 돈이었다.

지금 와 생각해 보니 갑자기 화가 난다. 채용공고를 그렇게 올렸어도 되었던 건가?

내가 입사 지원했던 그 인턴 채용공고를 비롯하여 이후의 인턴 기수들을 뽑는 채용공고에는 '정규직으로 전환되었다'라는 선배 기수들의 인터뷰들이 들어가 있었다. 열심히 일하기만 하면 정규직으로 뽑힐 기회가 있을 거라는 양. 나는 그 공고를 볼 때마다 불쾌했다. 정규직으로 뽑혀서 얼마나 좋은지 모르겠다는 얼굴의 사진과 달리, 나는 그들과 일하며 그리 웃는 낯을 본 적은 없다.

입사 첫날, 정규직 대표 한 명이 환영 미팅 자리를 열어 내게 알려준 내용은 다음과 같다.

여러분들이 참여하는 인턴제는 정규직 전환과는 매우 무관합니다. 정규직 전환이 된 직원들이 있는 건 사실이지만,

가능성이 없다고 보시는 게 맞습니다.

노력과 관계없다는 말씀이신가요?

맞습니다. 가능성은 없습니다. 그리고 휴가는 한 달을 채워 일하면 한 개를 받게 됩니다. 하지만 인턴으로 근무하며 중간에 휴가를 쓸 수는 없습니다.

정규직으로 전환된 사례가 없는 건 아니지만 정규직으로 전환되지 않는다는 말이나 휴가가 있더라도 사용할 수 없다는 말은 죽어도 아니 눈물 흘리겠다는 시구만큼이나 반어적이었다.

그럼 휴가는 언제 사용할 수 있나요?

그녀는 답했다.

휴가는 인턴 계약 기간이 끝나는 주에 몰아서 다섯 개 사용해야 합니다.

정규직 전환이 안 되는 인턴제라고 말씀해 주셨는데, 인턴으로 근무하다가 다른 회사와의 정규직 채용 면접이 잡히면 어떻게 해야 하나요?

그렇더라도 휴가는 사용할 수 없습니다. 만약 그런 일이 생긴다면 면접을 포기해야 합니다. 휴가는 반드시 퇴사 직전에 몰아 써야 합니다. 인턴이지만 이 회사에 입사한 이상

직장에서의 예절도 지켜야 하기 때문입니다.

나는 황당한 얼굴로 직장 예절과 휴가 사용과의 상관관계에 대해 고민하지 않을 수 없었다. 그동안 그녀는 하던 말을 마무리했다. 그러고는 어떤 사유로든 휴가를 사용할 수 없음을, 그게 사회생활의 미덕임을 재차 강조하며 자리를 떠났다. 옆에 앉아있던 동기 한 명이 물음표가 백 개는 떠 있는 듯한 얼굴로 나를 바라보고 있었다. 나는 어깨를 들썩였다.

정규직 전환은 안 되지만 다른 회사 면접은 보러 가지 말라는 게 무슨 말이에요?

휴가가 부여되지만 사용할 수는 없다는 말이랑 일맥상통하는 뜻이겠죠, 뭐.

무슨 말인지 도무지 모르겠어요.

저도요.

당장 다음 주에 다른 회사와의 면접이 예정되어 있었다. 정규 직원을 채용하는 자리였다. 휴가 쓸 일이 다분히 눈치 볼 일이라는 말이야 입사 첫날부터 귀에 딱지가 앉도록 들었지만, 그건 정규직의 사정이라고 생각했다. 다음 회사를 알아봐야 할 반년 짜리 계약직의 사정은 아니라고 생각했다.

그건 나만의 생각이었던 거 같다. 그래도 사수는 사수니까 내 입장도 어느 정도는 고려해 주지 않을까 싶어서, 그녀에게만 이 사정을 털어놓았다. 회사 돌아가는 사정도 알고 있을 테고, 그러니까 지금 내가 어떤 선택을 하면 좋을지에 대해 같이 고민을 해줄 수 있지 않을까 하는 건 순진하기 짝이 없는 생각이었다.

그녀는 내게 이렇게 말했다.

인턴은 휴가 못 써요.

나는 그 면접을 포기해야 했다.

아직도 이해가 잘 안 된다. 정규직 전환이 절대 안 된다고 했으면, 청년인턴제 지원금으로 사람을 공짜나 다름없이 부리고 있었다면, 부당한 야근도 요구할 참이라면, 적어도 계약직의 다음 생계를 위해 면접은 보러 가도록 배려해 주는 게 옳지 않았나 싶다.

업무 시간은 아침 아홉 시부터 저녁 여섯 시까지. 이건 회사의 아주 공식적인 업무 시간 이야기고, 우리 팀 업무 시간 사정은 아주 달랐다. 우리 팀에만 있는 규칙들이 있었다.

대체로 시간에 대한 것들이었다. 이를테면 출근은 다른

팀보다 사십 분 빠르게 하는 것. 그런데 다른 팀보다 출근을 삼십 구분 빨리하면 남들보다 한 시간 늦게 퇴근해야 했다. 그러니까 우리 팀의 근무시간은 아침 여덟 시 이십 분이었다.

나는 옆 팀 인턴에게 물었다.

왜 그 팀은 아홉 시부터 일해요?

옆 팀 사람은 의아하다는 얼굴로 내게 되물었다.

왜 그 팀은 다들 그렇게 일찍 나와요?

그러니까 우리 팀 사람들은 일주일에 최소 200분에서 최대 500분을 더 일해야 한다는 말이었다. 어쩌다 이런 규칙이 생긴 것인지 다들 의아해했다.

너무 이상하지 않아요? 여덟 시 이십일 분에 도착하더라도 우린 다른 사람들보다 삼십 구분이나 일찍 도착하는 건데, 왜 벌칙으로 야근을 해야 해요?

그러게요. 추가 근무수당도 안 주면서.

한 번씩 도무지 이해할 수 없는 불합리함이 몰아칠 때, 우리는 퇴근길에 삼삼오오 모여 아무도 들리지 않는 우리만의 목소리로 불만한 사정들을 종알거리곤 했다.

팀장은 결코 합리적인 성향을 타고나지는 못한 사람이었던 것 같다. 그는 시시때때로 우리에게 이상한 요구를 했다. 여덟 시 이십 분까지 출근하자는 것도 그의 제안이었다고 한다.

그는 삼시 세끼 섭취하는 모든 에너지원을 출근에 쏟아내는 사람처럼 보였다. 출근은 그의 삶의 목적이자 이유였다. 출근함으로써 그는 살아있음을 느꼈다. 당신에게 그토록 신성한 의식이었으므로, 다른 사람들에게도 좋은 취지로써 그의 뜻을 전하고 싶었다. 정시 출근은 전투에 임하는 병사의 기본자세. 정시에 일하려면 수십 분 전에는 사무실에 도착하여 목욕재계라도 하는 마음으로 자리를 정결하게 해야 한다는 설교를 귀에 딱지 앉도록 들어야 했다.

그럼 사십 분 어치 시급을 팀장님 월급으로 메꿔주세요. 나는 그렇게 생각했다.

원래 그가 정한 출근 시간은 듣기만 해도 애매한 여덟 시 이십 분이 아니고, 여덟 시 반이었다고 한다. 그는 팀원들이 십 분쯤 일찍 출근할 것을 상상하며 기꺼워했다. 하지만 현실과 이상은 다른 법이라, 팀원들은 (아마도 속으로 옴팡지게 욕을 해대면서) 여덟 시 반까지 출근했고, 팀장은 그가 기대했던 결과를 얻지 못해 낙담했다.

팀장은 팀원들을 이해할 수 없었다. 여덟 시 반까지 오랬다고 어떻게 여덟 시 반까지 오지? 자리 정리한답시고, 화장실 다녀온답시고 십 분씩을 더 버리고 여덟 시 사십 분에야 일을 시작하는 팀원들이 그에겐 눈엣가시 같았다.

하지만 이렇게 쉽게 포기할 그가 아니었다. 어떻게 해야 팀원들이 제때(?) 사무실에 올까 하고 고민하던 그는 다시금 출근 시간을 십 분 앞당긴 것이었다.

앞서 말했듯 그는 합리적인 종류의 사람은 아니었으므로, 업무적 성과에 대해서는 크게 개의치 않는 것처럼 보였다. 그에게 중요한 건 이런 것들이었다. 사람들이 언제 사무실에 나타나는지, 집에 갈 때는 인사를 하고 가는지, 자리를 오랫동안 지키고 있는지, 화장실에는 얼마나 자주 가는지.

어쩌면 출근할 때 굳이 자리로 찾아가서 인사를 하고, 퇴근할 때도 지금 간다고 얼굴도장을 박게끔 이루어진 조직 문화는 이런 유의 사람 관리를 하기 위해 특화된 프로세스였을지도 모르겠다.

그래서 팀장은 나를 좋아하지 않았다. 가끔 점심시간 말미에 양치를 하고 잊을만하면 한 번씩 팀 기준에 따른 지각이란 걸 했으며 (여덟 시 이십이 분에서 이십삼 분) 화장실을 자주 다녔고, 칼같이 퇴근했기 때문에 그의 기준으로 나는 불성실한 인턴이었다. 거기서 일하는 동안 내가 다섯 번 넘게 우수 인턴 시상을 받았었다는 사실은 그에겐 별로 중요하지 않은 대목이었다.

간혹 그는 출근에 대한 자신의 어떤 일화들에 대해 과시하듯 말할 때가 있었다.

하루는 전철을 타고 회사로 오는데 그렇게 졸음이 쏟아지더라고 했다. 병든 닭처럼 꾸벅꾸벅 졸다 깨기를 반복하길 여러 번, 이러다가 까딱하면 목적지를 놓치겠다는 생각이 들어서 옆 사람에게 부탁하고 졸았다고 한다. 내가 어느 역까지 가는 사람인데 너무 졸려서 그러니까 혹시 어느 역에 당도하면 나를 좀 깨워줄 수 있겠느냐고.

출근길에 졸다가 내릴 역을 놓쳤다는 누군가의 사정 덕분에 우리는 아침부터 그의 훈계에서 좀처럼 벗어나지 못하고 있었다. 마지막 한마디가 하이라이트였다.

여러분, 포스트잇을 가지고 다니도록 하세요. 전철을 타고 오다가 졸릴 땐 포스트잇에 목적지를 써서 이마에 붙여놓도록 하세요. 그럼 깜빡해서 역을 놓치는 일은 없을 테니까요.

그에 대한 다른 에피소드도 있다. 회사가 있던 곳은 서울에서도 지대가 낮고, 그 전철역 일대는 큰비만 왔다 하면 물에 잠기는 곳이라고 했다. 하루는 장마로 홍수가 났는데 전 직원 중에 자기만 제때 출근을 했다고 한다. 수백 명 정도 되는 회사에서 어떻게 당신 한 사람만 정시에 출근할 수 있었던 것인지에 대해 그는 이렇게 설명했다.

전철역을 다 나오기도 전에 물이 들어차 있었던 거예요. 다른 사람들은 역 바깥으로 나갈 엄두도 내지 못하고 있더라고요. 뭐 어쩌겠어요? 출근은 해야겠고, 해서 저는 재킷을 벗어 가방에 묶고 수영을 했어요. 흙탕물을 유유히 헤엄쳐 가로질렀죠. 그러니까 여러분 제 말 잘 들으세요. 살다 보면 천재지변을 만날 수도 있어요. 하지만 자연재해가 되었든 다른 사정들이 생겼든 사람은 어떤 상황이든 모두 대비해야 합니다. 늘 만반의 준비를 하고 살아간다면 재앙으로 인해 늦을 일이 왜 생기겠어요?

그러니까 결론은 출근할 때 속에 수영복이라도 입고 다니란 말인가?

나는 하마터면 마시던 커피를 뿜을 뻔했다.

96만 원 하는 월급을 쪼개 쓰느라 나와 다른 인턴들은 삶과의 사투를 벌이는 중이었다. 회사들이 모여있는 서울 중심가의 물가는 그 자체로 부담 덩어리였다. 밥 한 끼에 만 원이 우습게 빠져나갔다. 누군가 정성스럽게 차려주는 밥을 먹고 싶었지만 한 달 치 식비를 빼고 보면 한숨이 나왔다.

생활비에서 점심 밥값이 가장 크게 들어갔으므로 동료들은 어떻게든 밥값을 아끼려 들었다. 하나는 한 줄에 이천 원 하는 식빵을 사다 이삼일 치 점심을 때웠다. 다른 인턴은 일주일 내내 컵라면만 먹고 있었다. 소셜미디어에 보면 사람들은 멋진 카페에도 다니고 비싼 레스토랑에도 가고 그러던데, 그만한 일들은 다른 세상의 소설처럼 아득했다.

절약하는 데에 혈안들이 되어있었으므로 값비싼 커피 체인점은 엄두도 내지 못했다. 대신 전철역 앞에 있는 토스트를 파는 노점이나 한 평 남짓한 테이크아웃 전용 커피숍을 찾아다녔다.

때때로 옆 건물에 있는 커피 체인에서 아메리카노를 한 잔에 이천 원에 팔 때가 있었는데, 그런 날이면 우리는 장날 구경을 하러 나가는 뜨내기들의 얼굴을 하고 평소엔 쳐다도 못지 못하던 카페의 문턱을 넘어가곤 했었다.

아, 나 이번 주 식비 겨우 이천 원 남았어.

우리가 가장 많이 하고 가장 자주 듣던 말들은 이런 모양이었다. 그렇게들 아끼면서 살았다.

그런데 회식비를 각출하라니요?

내 앞에 앉은 동료는 아무 말도 하지 않았으나 그의 눈빛만으로 이미 내게 많은 말들을 건네고 있었다. 이를테면 아니, 지금 우리더러 회식비를 내라는 거야? 이렇게 작고 귀여운 월급을 줘 놓고?

팀워크를 향상하기 위해 오늘 회식을 하려고 하는데, 팀회식비가 좀 모자란다는 것이었다. 요 앞에 고깃집을 가려고 하니까 인당 얼마씩 내주면 좋을 것 같다고. 이 염치없는 회사는 인턴 월급 구십몇만 원에서 얼마만큼을 다시 회식비로 빼앗아 가겠다고 말하고 있는 것이었다.

회식이라는 미명으로써 제때 집에 가야 할 직원들을 붙들고 있을 심산이라면 최소한 맛있는 거라도 물려놓는 게 최소한의 휴머니즘이라고 생각했다. 돈이 없는데 회식을 하겠다는 생각을 어떻게 했는지는 모르겠는데, 하루에 사십 분이나 일을 더 시키고 수당으로 쳐주지도 않으면서 회식할테니까 회식비는 계약직 인턴인 네가 내라고 하는 회사는 내 눈엔 고등학교 일진이랑 다른 게 요만큼도 없어 보였다.

그렇다고 회식 때 분위기가 좋은 것도 아니다. 숨죽이고 눈치만 살펴야 했다. 테이블을 세 개 잡는다고 치면, 사람들은 팀장이 앉을 테이블을 비워놓고 가장자리에만 몰려 앉았다. 팀장은 텅 빈 테이블에 앉아 고기를 구웠다. 안 하느니만 못한 회식이라고 생각했다. 그런 회식을 각출까지 해가며 진행하겠다고?

지갑에서 현금을 꺼내 사수에게 건넬 때 떨리던 손, 그거 단순히 돈이 아까워서가 아니라, 돈을 내놓으라는 얼토당토않은 요구를 아무렇게나 해대는 회사 측에 대한 나의 분노 게이지가 폭발할 지경이라 그랬다. 하여간 이 회사는 들어갈 때부터 나갈 때까지 오로지 이해하기 어려울 일들뿐이었다.

앞선 사례들로 짐작할 수 있듯, 분 단위 초 단위 시간에 매우 예민한 분이 계시므로 업무 시간엔 최대한 궁둥이를 붙이고 있어야 한다. 하지만 여덟 시간 내내 두 대의 모니터를 응시하는 건 정신력만으로 가능한 일도 아니거니와 눈이 너무 아파서 견딜 수가 없었다.

요령껏 알아서 쉬어야 했다. 눈에서 통증이 느껴질 때마다 나는 화장실에 갔다. 가서 그냥 벽에 기댄 채 눈만 감고 있어도 좀 나았다. 그래 봐야 그렇게 쉬는 시간은 십 분을 넘기는 일이 거의 없었다. 한두 시간에 화장실 한 번이야 누구나 갈 수 있는 일이고, 문제 될 일이 아니라고 생각한다.

언제부터 화장실에 갈 때면 누군가 내 뒤에 따라붙는 듯한 기분이 종종 들었다. 발소리는 시종일관 나를 따라다녔다.

처음엔 내가 과민하다고 생각했다. 하지만 의뭉스러운 감정은 날로 커졌다. 화장실에 가면 누군가 반드시 내 옆 칸으로 들어갔다. 꼭 내 옆 칸으로만 들어갔다.

아, 이게 말로만 듣던 바로 그 화장실 변태! 소름이 끼치는 것이었다. 사무실에 돌아와서도 일에 쉬이 집중할 수가 없었다. 사무실을 나가기가 두려웠다. 대체 누굴까, 그 사람을 잡아야 하나, 회사에 리포팅해야 하나, 오만가지 생각이 드는 하루였다.

하지만 이런저런 시도를 해야 할까 싶던 내 생각들이 무색하게도 범인은 얼마 안 가 내 앞에 자신을 드러냈다.

낯이 익은 단발머리. 옅은 쌍꺼풀, 지금은 두 아이의 엄마가 된 듯한 그녀. 그녀는 우리 팀 정규직 사원이었다.

문제를 제기하는 내게 오히려 그는 적반하장으로 목소리

를 높였다. 하라는 일은 안 하고 (그날 할당한 일은 반드시 그날 모두 마무리했다) 맨날 자리를 비우기 때문에 (한두 시간에 한 번 화장실 가는 게 문제라면 이 세상에 그 문제를 안 가진 사람은 거의 없을 것 같다) 감시가 필요하다는 것이었다. 그렇다. 화장실에 갈 때마다 나를 감시하겠다는 것이었다. 그건 협박이자 모욕이었고, 인간성의 종말이었으며 인간다움의 파멸이었다.

당시 나는 결막염으로 고생을 하고 있었다. 의사는 한 시간에 오 분이라도 꼭 눈을 쉬어주라고 했고, 그만한 룰만 지켜주더라도 눈은 금세 건강해질 수 있다 그랬다. 고작 한 시간에 오 분도 쉬지 않아 생긴 병이라 그랬다.

그녀는 무례했고 나는 화가 났다. 당신들 정규직들, 업무 시간 중간중간 올리브영 가서 간식 사 먹던 거 내가 여러 번 목격했는데, 나는 화장실도 가지 말라고? 대체 내가 이 회사의 어디까지 이해를 해 줘야 하는 건데?

화장실 옆 칸에서 누군가가 나를 감시하는 상황에서, 인간으로서 느낄 수밖에 없었을 수치심은 어떻게 보상받아야 하나. 그리고 하나 더, 그건 과연 그 정규직이 자처해서 한 일이었을까.

다른 이가 있었을 것이었다. 누구일지 안 봐도 뻔한 사람이 하나 있으니까. 그를 둘러싼 사건들은 무얼 상상하든 늘 그 이상이었다.

계약이 끝나는 날짜를 며칠 앞두고 면담이 잡혔다. 팀장은 사회생활을 먼저 시작한 선배로서 앞으로의 회사 생활을 위한 몇 가지 팁을 전해주고 싶다 그랬다.

아, 팁을 준다는 말부터 일단 의심을 하고 들어갔어야 하는 거였는데.

당시 나는 큼지막한 기업 세 곳과의 면접을 앞두고 있었다. 실로 굉장히 바빴다. 평일엔 회사 마치자마자 노량진으로 넘어가서 열 시까지 면접 스터디에 참여했다. 저녁 챙겨 먹을 시간도 없어서 조원들은 먹을 걸 사다 욱여넣으면서 공부를 했다.

주말에도 스터디 모임에 나갔다. 회사에 대한 정보도 서로 나누고 면접 중 임기응변에 대응할 수 있도록 여러 가지 시나리오를 짜가며 대비했다.

그러는 동시에 다른 회사에 낼 이력서도 계속 준비하고 있었다. 아무도 모르는 사실이었지만 나는 한 시간 일찍 출

근했다. 사무실에 들어서면 딴짓일랑 할 수 없으므로, 일층 카페에서 커피 한 잔을 주문해놓고 자기소개서를 쓰다가 시간 맞추어 사무실로 들어갔다. 고로 자는 시간과 일하는 시간을 빼면 나는 늘 취업을 준비하고 있었다.

면접 외에 또 다른 회사의 인·적성 시험도 앞둔 상황이었다. 틈틈이 수능을 앞둔 양 문제를 풀어댔다. 낭비할 시간이 요만큼도 없었다. 점심시간마저 아껴 쓰며 살다, 하루가 마흔여덟 시간이면 좋겠다고 생각할 정도였다.

그렇다고 인턴으로서 본업에 소홀한 적은 없었다. 제시간에 칼같이 퇴근한 거 빼면. 잠시 화장실이나 복도에서 눈을 쉬어주었던 걸 빼면. 자발적으로 남아 더 일하지 않았던 걸 빼면. 알랑방귈랑 전혀 뀌지 않았던 걸 뺀다면.

그들이 내게 무얼 더 기대하고 있었는지는 모르겠지만, 사실 관심도 없었다. 내가 그들의 말 없는 요구 사항까지 고려할 만큼 여유가 철철 넘치는 상황은 분명히 아니었으며, 정규직 전환도 절대 시켜주지 않겠다는 회사에서 구태여 필요 이상의 야근을 해야 할 이유가 내겐 요만큼도 없었으니까.

그는 매우 독실한 교인이었다. 그래서 사회생활의 정점을 찍을 수 있는 팁으로써 그는 내게 신을 믿을 것을 권했다. 신을 믿으면 사람이 겸손해지고, 사람이 겸손하면 어디 가서도 중간은 간다는 평가를 받을 수 있으므로 신을 믿는 건 평탄한 사회생활을 하기 위해 꼭 필요한 조건이라고 생각한다고 했다.

사람마다 달리 생각할 수 있다. 그의 생각이 그러하다면 나는 그를 존중할 수 있었다. 나의 의견과 다르다고 해서 그가 틀렸다고 말할 생각은 조금도 없었다. 굳이 나의 신념을 설득할 이유도 없었다.

하지만 그는 나와 같이 생각하지는 않는 모양이었다. 갑자기 그는 내가 사탄에 쓰였다고 그랬다. 제시간에 딱 맞추어 출근한다거나, 야근을 새끼손가락만큼도 더 할 의지가 없는 게으른 사람. 이따금 몇 분 정도 지각(은 절대 아니라고 단언한다. 회사가 서면으로 내게 요청한 공식 출근 시간은 오전 아홉 시였다)하며, 궁둥이를 오래 붙이고 있지 못하는 (두 시간에 한 번도 못 일어나나?) 나는 몹시 오만하다 그랬다.

팀장은 내게 그런 행간의 근간에는 사탄이 있다고 했다. 사탄에 빠진 나는 소임에 충실하지 않아 복도에 서 있곤 했으며(이 회사 이후 이를 문제 삼는 회사를 본 적이 없다) 현재의 일에 충실하지 못하고 (현재의 직업이 안정적인 고용을 약속했다면 처음부터 해결되었을 일이라고 생각한다) 자꾸만 다른 기회를 엿보거나 휴가를 사용하려 드는 것 역시 겸허하게 자기의 입장과 상황을 받아들이지 못하고 사탄의 유혹에 빠지기 때문이라며 (계약 종료를 앞두고 있으니 다른 회사에 지원하던 것이며, 이건 다시 말해 내가 얼마나 내 입장과 상황에 대해 바르게 이해하고 있었는지를 증명하는 근거라고 생각한다) 무개념한 나를 (팀장으로서) 몹시 질타했다.

그가 나를 가만히 지켜보니 나는 누구보다도 불완전한 존재였고 그러므로 신의 구원을 받아야 한다고 했다. 어쩌다가 사탄에 빠진 건지 너무나도 안타깝다는 말을 덧붙였다.

누가 들으면 당신이 구세주인 줄 알겠어요.

동서고금을 막론하고 부모 드립은 함부로 치는 거 아니라고 배웠다. 질타의 대상은 나로 한정해야 했으나, 마치 신에 빙의가 된 듯한 그의 질주는 끝을 모르고 달렸다. 그가 나의 부모님을 욕보였을 때 나는 참지 않았어야 했다.

하루에 여덟 시간만 일을 시키기로 하고, 아침 여덟 시 이십 분까지 불러냈으면 오후 다섯 시 이십 분에 보내줘야지 왜 그쪽 맘대로 여섯 시까지 잡아두느냐고. 근로계약 위반 아니냐고. 당신이 뭔데 회사에서 시키라고 한 적도 없는 추가 근무를 매일 사십 분이나 더 시키고, 이십일 분에 출근한 사람들한테는 한 시간씩 더 시켜댔느냐고. 당신이 내게 요구했던 그 모든 방식이 정정당당하다고 생각하느냐고. 중소기업 청년인턴 지원금 받아 인턴제 운영하면서 부끄럽지도 않으냐고. 필요하지 않은 야근 강요하지 말라고. 코 묻은 인턴 원급 뜯어내서 회식하려 들지 말라고. 인턴들 두 시간에 십 분 쉴 시간도 안 줄 거면 당신도 일 층 내려가지 말라고.

가슴속에 묵혀놨던 모든 것들 다 말할걸. 왜 그렇게 바보같이 듣고만 있었을까.

온당하다고 여겼던 게 비합리임을 깨달았을 때, 나는 비극을 입에 물었다. 내가 아랫사람이니까 하는 겸양의 마음으로 공손하게 물러설 때마다 내 앞에 선 사람들은 나를 짓밟으려 들었다. 여러 차례의 불행을 거친 뒤에야 마냥 헤실헤실한 얼굴로 사람을 대해서는 안 된다는 걸 깨달았다.

나는 학교에 다닐 때 어른의 말씀에 복종하는 걸 도리로서 배우지 않았다. 내 세대에는 다른 교육이 이루어졌다. 보통의 도덕적 기준에 의해 틀렸다고 생각하는 부분들 가령, 동물을 학대하거나 약한 사람을 때리거나 말로써 상처 주는 일들은 틀렸다고 말할 수 있어야 한다고 배웠다. 나와 같이 배운 사람들이 사회로 쏟아져 나오고 있는데, 막상 그들을 받아들일 사회는 구시대의 유물을 안고 변모를 감당하려 들지 않는 것 같았다. 아이들에게 "싫어요."라고 말할 수 있도록 가르쳐준 건 어른들인데, 그들이 어른들이 사는 세계로 넘어간 뒤에 막상 싫다, 그건 나쁘다는 말할 수 없다면 그건 모순된 세상이라고 생각했다.

이게 한국에서의 회사 생활이라면 어쩌면 나는 회사를 앞으로 다니지 못하는 건 아닐까 하는 걱정이 들었었다. 나의 팀장이 내게 누군가의 뒤를 쫓으라는 이상한 지시를 한다면 나는 당장 이의를 제기할 것이었다. 다른 누가 나와 나의 부모더러 사탄이라고 손가락질하면 두 번은 참지 않을 생각이었다. 눈앞이 깜깜해졌다. 나는 인간애가 말살된 세상에서 살아갈 자신이 없어졌다.

수년 후, 그 회사에서 자그마치 십 년을 다녔다는 사람을 동료로서 맞이했다. 내가 예전에 그 조직 아무개 팀장 밑에서 일을 했는데, 그 사람은 요즘 어떻게 지내느냐고 물어보았다.

그녀는 깜짝 놀라며 내게 물었다.

그 팀장을 알아요? 그 사람 너무 이상해서 회사 안에서도 말이 엄청 많았어요. 잘렸다던데요?

그렇게 정규직이 되었고

간절해서 더 내 뜻 같지 않았다. 남들이 거기 쟁쟁하다고 하는 그 회사들과의 면접에서 세 번을 연이어 미끄러진 뒤 나는 전투력을 상실하고 말았다. 깊이를 모르는 생각들은 자꾸만 밑으로만 아래로만 침전했다.

최종 면접에서 떨어진 뒤의 감정적 피로를 토로하는 글들을 한 바가지는 읽은 것 같았다. 그들의 감정에 백 번쯤은 공감하면서 나도 어느 정도 마음의 준비를 하고 있었다고 생각했다. 이 정도면 떨어져도 의연하게 받아들일 수 있겠지.

그런데 그건 단지 나의 바람일 뿐이었던 모양이다. 뭇사람들의 하소연을 읽을 때 이 마음이 그토록 무덤덤했는데, 그게 곧 나의 일이 되는 순간 내 발목엔 천 근짜리 추가 달렸다. 얼른 헤엄쳐서 수면 위에 다다르고 싶은데, 껌딱지처럼 끈덕진 절망은 좀처럼 떨어지려 들지 않았다.

그게 이해할 만한 일이었든 이해하기 어려운 결과였든, 끝은 이어지는 탈락이었다. 맨 꼭대기에서 땅끝까지 굴러떨어진 뒤엔 다시 산을 오르는 일 말고 기대할 수 있는 게 없다. 맨 밑에서 정상을 바라보면 갈피를 잡을 수 없이 막연했다. 염원은 잔바람에마저 마른 갈대처럼 꺾였다.

이불 속에서 한참을 사부작거리다가 일어난 어느 날의 고소한 밥 냄새를 기억한다. 말없이 밥그릇을 비웠다. 그리고 방으로 돌아왔다. 해주고 싶은 말이 산더미 같겠지만 결국 아무 말도 하지 못하고, 텔레비전 소리만 낮추던 부모님의 복잡한 감정을 모르지 않았다.

최종 면접에서 떨어지고 이 주쯤 지나 있었다. 아마 구직을 시작하고 이렇게 오래 쉰 적이 있었나, 싶었을 만큼 그동안 아무것도 안 하고 늘어지게 쉬었다. 입사 지원을 한 게 없었으니까 내게 들어올 연락도 없었다.

무료했다. 나를 절망하게 만드는 소식들이 줄이어 들어오는 것만큼이나 지루한 나날이 이어지고 있었다.

엄마는 내게 다시 갓 지은 밥을 차려주었다. 일도 안 하면서 이렇게 밥은 꼬박꼬박 챙겨 먹어도 되는 건가 하는 생각이 들었다. 밥은 밥값을 해야 먹을 수 있는 게 아닌가 싶기도 했다. 나만큼이나 취직 소식을 목 빠지게 기다리고 있을 엄마 아빠. 엄마, 아빠라는 단어는 마법 같다. 떠올리면 눈물부터 차오르고 말하려 들면 목부터 멘다. 내일을 살아가려고 오늘의 곡기를 찾는데, 오늘 어떤 것도 안 하면 내일은 불행한 소식이라도 나를 찾아들지 않을 거였다. 떨어졌다는 기별일지언정, 꾸준히 나를 찾아오는 무언가가 있는 것과 처음부터 뭐든 기대할 수 없는 상태는 완전히 다른 것이었다. 그럼 나는 뭐라도 해야만 했다.

만 하루가 지나기도 전에 전화가 왔다. 등록하지 않은 전화번호는 크게 두 개로 나뉜다. 스팸 전화번호 아니면 면접을 제안하기 위해 건 모 회사의 연락처. 서울 지역 번호로 시작하는 연락처가 아주 낯설지는 않았다. 어제 입사 지원한 회사의 대표번호였다.

통화는 간결했다. 보내주신 서류를 잘 읽어보았다. 내용이 인상적이더라. 면접을 진행하고 싶은데 혹시 내일이나 모레쯤 시간이 되시는지. 편한 시간을 알려주신다면 참고해서 일정을 잡아보겠다.

어째서 면접 일정을 정해놓고 내게 통보하지 않은 것인지 의아했다. 지금까지 면접을 보자는 회사들은 나의 스케줄과 무관하게 일정을 던졌고, 그럼 나는 그 일정에 맞추기 위해 병원 예약을 미루거나 친구와의 약속을 미루거나 학원을 빠지거나 휴가를 쓰지 못해 아등바등 굴러야 했다. 원래 다 그런 줄 알았다.

그래서 나는 이 또한 하나의 시험이라고 생각했다. 네, 회사 일정에 맞출 수 있으니까 언제든지 불러주십시오. 이렇게 답해야 할 것 같았다. 그래서 그렇게 대답하기로 했다.

수화기 너머의 목소리는 어쩐지 건조했다. 혹시나 내가 무슨 실수라도 했으면 어쩌나 싶었다.

그럼 아무 때나 괜찮다는 말씀이시죠? 네. 일정 정해지면 다시 한번 알려드릴게요.

전화를 끊고 나는 손뼉을 딱 치며 생각했다.

시험에 합격한 거야!

시험에 합격하긴 개뿔, 저자세도 그런 저자세가 없었다. 그럴 필요는 없었는데.

그로부터 얼마 안 되어 같은 번호로 전화가 걸려왔다. 아까 그 심드렁한 목소리였다.

내일 오후 세 시 어떠세요? 괜찮으시다고요? 네, 그럼 회사 주소를 알려드릴게요. 선릉역 몇 번 출구로 나오셔서 이렇게 오시면 돼요. 몇 층으로 오셔서 전화해주시면 마중 나갈게요. 네, 네.

나는 전화를 끊으려는 그를 얼른 붙들었다.

그런데 내일 옷차림은 어떻게 하면 될까요? 정장을 입고 가는 편이 좋을까요?

건너편에선 짐짓 말이 없었다. 한차례의 어색한 몇 마디가 넘어간 뒤에야 들려오는 목소리.

편하게 입고 오시면 되죠. 내일 비 온다고 하니까 행여나 구두 같은 거 신지 마시고, 그냥 슬리퍼 신고 오세요.

그는 내일 뵙겠다는 말을 마지막으로 전화를 끊었다. 나는 말없이 전화기의 수신번호 내역을 바라보았다.

이는 또 하나의 시험일 것이다. 나는 이렇게 결론짓기로 했다.

요란한 천둥소리에 잠이 깼다. 이른 아침이었지만 이미

초저녁이라고 봐도 될 만큼 컴컴한 하늘에선 장대 같은 비가 억세게도 쏟아지고 있었다.

나는 신발장으로 시선을 돌렸다. 어젯밤에 미리 내놓은 정장 구두가 한쪽에 가지런히 놓여 있었다. 펭귄 정장을 입고 커피색 스타킹을 갖추고 저 구두를 신을 예정이었다.

구두는 분명히 진흙과 빗물에 엉키고 말 것이다. 신발 안으로 물은 다 샐 거고 발은 축축하게 젖고, 나는 비 맞은 쥐처럼 측은한 모양이 될 것이었다. 비 오는 전철 안은 유독 지저분해지겠지. 미끄러울 수도 있을 테고, 나는 사람들의 우산에 치일 테고, 치일 때마다 여기저기 물기가 묻을 테고. 아무리 상상해도 오늘 진행될 여러 가지 상황들은 절대로 유쾌하지 않을 것이었다.

세상에 면접 보러 가는데 슬리퍼 신고 오라는 회사가 어디 있담.

마인드 게임이 분명하다. 그렇게 말해놓고 내가 정말 슬리퍼라도 신고 가면, 멘탈이 글러 먹었다고 맹렬하게 비난할지도 몰라. 쉬엄쉬엄 일하라고 했다고 진짜 쉬엄쉬엄했다가는 욕먹을 게 뻔한 것처럼. 그럼 역시 정장을 입는 게 좋으려나. 미용실에 가서 머리하려면 얼른 나가야 할 텐데.

그런데 아무리 봐도 그 차림새로 저렇게 쏟아지는 비를 감당할 자신이 없었다.

엄마는 말없이 창가만 바라보는 나를 가만히 지켜보고 있었다.

가지런히 놓인 정장 구두. 나는 구두를 들었다 놓길 반복했다. 그 행동의 행간에 정장을 입고 갈지, 내려놓고 갈지를 고민하는 마음들이 갈 곳을 잃고 갈팡질팡하고 있었다.

왜 하필 오늘 같은 날 비는 와서.

그래도 면접 보러 가는 날이면 으레 열심히 하고 와야겠다는 기합이 들기 마련이었는데, 오늘은 그냥 면접 자체가 가기 싫었다. 올해 들어 가장 날이 나빴다. 이 면접을 포기하면 집에서 전이나 부쳐 먹고 편하게 늘어질 수 있을지도 모른다. 기껏 정장을 차려입고 이 빗길을 뚫고 두 시간을 들여 또 탈락했다는 연락이나 받겠지 싶기도 했다. 그러면 좀 억울할 것 같았다. 이러나저러나 될놈될 안될안인데, 안될안이면 차라리 볕 좋은 날에나 면접 다니자는 생각이 들었다. 아니 근데, 안될안이면 정장을 입고 가든 반바지를 입고 가든 어차피 떨어질 거 아닌가? 그럼 조금이나마 덜 억울하게 정말 슬리퍼라도 신고 가볼까?

엄마는 이상한 혼잣말을 하는 나를 불안한 눈으로 쳐다보고 있었다. 반대로 나의 마음은 조금씩 길을 찾아가는 중이었다. 땡볕에 봄가을 정장을 입고 진땀 빼던 기억, 한겨울에 얇디얇은 스타킹만 신고 빙판길을 걸었던 끔찍한 경험, 이런 거 다 하지 말고 그냥 말하는 연습이나 하고 오자는 이 생각들을 편하게 받아들이기로 했다.

나는 구두를 상자에 집어넣었다. 그 대신 신발장에서 장화를 꺼내 들었다.

정장을 장롱 안에 집어넣었다. 그리고 편하게 입을 수 있는 원피스를 꺼냈다.

화장에 공들이지 않았다. 그 시간에 숫제 면접 끝에 물어보고 싶은 내용을 다시 한번 정리하기로 했다.

엄마는 내게 물었다.

그 회사는 그렇게 하고 가도 된다니?

말은 그렇게 하더라고. 근데 잘 모르겠어.

뭘 모르겠어?

진심은 그게 아닐 수도 있을 거 같아서. 시험당하는 기분이 들어. 그런데 엄마, 나도 이제 좀 힘들어. 면접 볼 때마다 미용실 가서 머리도 받아야 하고 화장하는 데에도 공들여야 하고, 저 높은 구두 신고 걷기도 힘든데 버스 타고 계단 오르내리고. 왜 그렇게까지 외모에 손을 많이 써야 하는지 자꾸 의문이 생겨. 엄마, 그거 알아? 여자 승무원들의 업무랑 손톱 색깔은 아무런 연관 관계가 없잖아. 파랗게 칠하든 칠하지 않든 그게 여자 승무원들 일하는 거랑 무슨 상관이야. 그런데 여자 승무원들은 일할 때 손톱에 피부색 매니큐어를 칠해야 한대. 왜 그렇게까지 해야 하는 건지 모르겠어. 손톱 색깔이 분홍색이면 비행이 더 안전하대? 이해가 안 돼. 엄마, 나 그렇게 하기 싫어. 오늘은 그냥 내가 하고 싶은 대로 하고 갈래. 회사에서 먼저 슬리퍼 신고 와도 된다고 한 거잖아. 거기서 그렇게 말해놓고 나중에 딴말하면, 나도 그런 회사 필요 없어.

거울에 비친 난 이제껏 본 적 없는 편안한 차림이었다. 마음은 시시때때로 맥없이 흔들렸지만 애써 무시해보기로 했다. 칠월 초순의 눅눅한 공기가 옷소매로 스며드는 것 같았다.

면접에서 오가는 말들의 본질이 외양에서 비롯되는 건 아니다. 구두를 신은 나도 나고 운동화를 신은 나도 나다. 티

셔츠를 입든 블라우스를 입든 나의 앎이나 사상, 관념은 변화하지 않는다. 어쩌면 나는 남들도 다 그렇게 하니까, 그리고 은연중에 튀는 걸 바라지 않는 시선들이 있다는 것 때문에 원치 않는 옷을 입고 허우적거리고 있었던 건지도 모른다. 중요한 건 그게 아니었는데.

정작 내가 어떤 회사에 가고 싶어 하는지는 요만큼도 생각해 보지 않았다. 그저 이 회사 저 회사, 회사라는 이름만 달고 있으면 모조리 지원하면서 선택권이란 건 오로지 회사에만 있다고 생각해왔다.

옷을 갈아입고 나오면서 깨달았다. 인턴을 마치고 잠깐 잊고 있었지만 나는 상명하복 하면서, 나의 개성을 죽이면서는 일할 수가 없다. 화장하지 않았다고 나를 떨어뜨릴 회사라면 거긴 안 가는 게 낫다. 화장이 직장 생활의 예절처럼 여겨지는 회사 분위기라면 끝내 합격하더라도 적응하는 데에는 실패할 테니까.

면접은 한쪽이 진행하고 다른 한쪽이 당하는 일이 아니고, 서로서로 살펴보는 상견례 같은 자리다. 일방적으로 질문받고 일방적으로 답해야 하는 회사에는 가지 않겠다. 이력서를 꼼꼼하게 읽지 않은 면접관을 만난다면 합격 통보를 받더라도 가지 않겠다. 내가 이 회사에 알맞은 자원인지를 고민해 보고, 그 회사도 내가 원하는 모습을 갖추고 있는지는 같이 고민해야겠다. 이런 생각들이 꼬리에 꼬리를 물었다. 내가 갈구하던 어떤 목적의 실마리가 풀어지고 있었다. 비록 구체적인 형태는 갖추어지지 않은 모양이더라도 이제 나는 대강 내가 어느 방향으로 걸어야 할지 감을 잡아가고 있었다.

건물에 다다를 때가 되니 비가 멎어갔다. 사무실은 높은 층에 있었다. 나는 높은 층의 어느 회의실에 잠시 혼자 앉아 창 바깥의 전경을 내려보았다. 안개가 낀 강남 한복판의 모습이 생경했다.

그러고 보니 거기까지 나를 인도했던 사람은 슬리퍼 차림이었다. 곧이어 회의실로 들어온 아마 면접관일 다른 사람도 반바지에 슬리퍼 차림이었다. 그럼 슬리퍼를 신고 와도 된다는 말은 어쩌면 진심이었을지도 모른다.

회의실로 따라 들어오며 둘러본 사무실 전경은 이제까지 봐온 곳들과는 꽤 달랐다. 제각각의 헤어스타일을 고수하는 사람들. 당시만 하더라도 보기 드문 보라색 머리를 한 사람도 있었다. 탕비실에서 차를 마시며 대화하는 사람들의 들뜬 목소리. 상당히 자유롭고 편안한 분위기였다.

면접관으로 들어온 분은 팀장이라 그랬다. 그는 날씨가 궂어서 오는 길이 힘들지 않았냐고 물으며, 일과 무관한 몇 가지 질문을 건넸다. 아무래도 내가 많이 긴장한 것 같다고도 했다.

맞는 말이었다. 나는 평소와 달리 얼굴이 상기될 정도로 긴장했고 숨넘어가듯 겨우 대답하곤 했다. 이래서야 아무리 뽑고 싶어도 뽑을 수가 있겠느냐고 팀장님이 힐책할 정도로 말을 매우 더듬어대기도 했다.

팀장님은 내 말투가 묘하게 불편하고 이 조직에도 어울리지 않는다고 말했다. 평소 말투가 그러냐고도 물었다.

저는 이렇게 생각합니다.

네, 그렇습니다.

지금부터 자기소개를 시작하겠습니다.

이제까지 들어주셔서 감사합니다.

최선을 다하겠습니다.

내가 겪어온 면접에서는 누구나 이렇게 말했다. 그래서 나도 그렇게 말하게 되었을 뿐인데, 팀장님은 면접이니까 그렇게 말하지 말라고 그랬다. 아까부터 자꾸만 내게 그렇게 하면 안 된다고만 했다.

그게 쉽나요. 한평생 대기업 면접만 준비하다 왔는데, 거기선 다 그렇게들 말을 하는데.

그는 한숨을 쉬었다.

우린 신입사원한테 많은 기대를 하지 않아요. 업무적인 기대가 있다면 경력이 있는 사람을 찾았겠죠. 업무 외적인 면에서 팀에 즐거운 분위기를 수혈해 줄 수 있는 친구를 찾는 거예요. 저랑 편하게 이야기할 수 있고, 팀원들이랑도 조화롭게 어울릴 사람을 찾고 있다는 걸 알겠죠? 그러니까 이 조직에 어울리는 사람이라는 걸 증명해 주셔야 한다고요. 소명 의식, 책임감 그런 이야기하지 마시고요.

숱한 신규 입사지원자들이 앵무새처럼 하는 말. 매사 성실하게 임하겠습니다, 저는 누구보다 이 자리에 어울리는 인재입니다, 남들이 그렇게 말해서 나도 남들처럼 펭귄 코스튬을 하고 부르짖었던 그 말들. 아무렇지 않게 말했지만 그래서 그걸 어떻게 실현할 참이냐고 하면 나는 할 말이 없을 것이었다. 정말 아무것도 모르는 신입이었다. 그 일을 안 해봐서 어떻게 해야 하는지 알지도 못하면서 뭘 얼마나 성실하고 책임감 있게 하겠다고. 그동안 내가 해온 말들은 그렇게나 역설적이었다. 나는 잠시 호흡을 가다듬었다.

오히려 나에 대해 큰 기대가 없다면, 그쪽에서 바라는 게 오로지 팀에 잘 융화되는 것뿐이라면 그건 해낼 수 있다. 그러니까 까라면 까겠다는 식의 대답도 이 자리에선 무의미할 것이다. 내 앞에 앉은 사람은 단지 솔직하고 상식적인 답변이 듣고 싶을 것이다. 그럼 나는 그냥 말해야 한다. 옆집 아저씨 붙들고 내 이야기 하는 것처럼.

차근차근 설명하기 시작했다. 지금까지 내가 겪어온 상황들에 대하여. 으레 '갑'은 '을'에게 어떤 차림새를 요구하는 편이라고. 어떤 화법과 자세를 원한다고. 이만한 영어성적표를 원하고, 튀지 않는 무난한 인물이길 바란다고. 내가 거쳐온 곳들은 하나같이 다 그랬다고. 그래서 나는 다른 방법을 잘 모른다고.

그제야 그는 고개를 끄덕였다.

솔직히 말씀드리면 이 회사의 사무실에 들어서는 순간 저는 이곳에 출근하고 싶어졌어요. 왜냐고 물어보신다면 뭐라 단정하기 어렵지만 그 말 하기 어려운 분명한 차이를 느꼈거든요. 그 생각은 지금 이 면접 자리를 통해 더 단단해지고 있고요. 제게 계속 상식적인 답변을 하라고 하고 계시잖아요. 회사는 군대가 아니다, 정장 입을 필요 없다, 비 오는 날에는 슬리퍼를 신어도 된다, 틀린 건 틀렸다고 말해봐라, 이 먼 데까지 와주어서 고맙다는 상식적인 말씀을 하고 계시고요. 이 상식이 이제까지 제가 겪어온 회사들에서는 보통의 것이 아니었어요. 그리고 저는 그 과정에서 제가 살아있다는 생각을 한 번도 해본 적이 없었거든요. 입사지원자로서 저는 사람다워지고 싶었어요. 아무리 남의 돈을 버는 거라도 사람들이 뒤섞인 공간에 있을 거잖아요. 사람들끼리 엮여있을 건데, 그 안에서 사람답게 지내고 싶었어요. 그런데 어느 면접을 가더라도 저는 그냥 피면접자 1이었을 뿐이었어요. 여자라서 겪어야만 했던 유리천장도 경험했죠. 그 누구도 제게 빈말로라도 바쁜 시간 내주어서 고맙다고 말해준 적이 없었어요. 미래에 저도 남들처럼 사회생활을 해야 하는데, 사회생활로 나아가는 과정에서 저는 그런 말 한마디를 듣지 못해 내내 괴로웠어요.

안으로 욱여넣고 내보이지는 못했던 수많은 말들이 목을 타고 거침없이 올라왔다. 팀장님은 그냥 곧이듣고만 있었다. 이제 어떤 사정인지 알겠다고 했다.

결과에 상관없이 승복할 수 있다는 말은 드라마에서나 나오는 헛소리인 줄 알았는데, 그게 어떤 건지 알 것도 같았다. 면접을 마치고 나오면서 나는 그런 생각을 했다. 붙으면 더할 나위 없이 기쁘겠지만 떨어지더라도 괜찮다. 그냥 받아들일 수 있다, 지금까지 제법 힘들었던 내 이야기를 가만히 들어주신 것만으로도 충분하다고.

그리고 하루가 지났다. 저녁께 메일이 한 통 왔다. 그 회사였다.

귀하는 불합격하셨습니다. 다음에 더 좋은 결과로 다시 뵐 날이 있기를 블라블라.

그럼 그렇지. 근데 뭐 어쩔 수 없지. 그렇게 생각하고 엄마에게 말했다. 어제 면접 보고 온 회사 떨어졌다고. 근데 이 회사는 그래도 불합격자한테 메일도 보내준다고. 정말 고맙다고. 탈락했다고 알려주는 회사는 여기가 처음이라고.

그런데 그 순간 그 회사의 대표번호로 전화가 왔다. 설마 떨어졌다고 친절하게 한 번 더 알려주시려고 그러시나 싶었지만, 아무튼 전화를 받아보기로 했다.

안녕하세요, 래하씨? 오늘 실무면접에서 합격하셨어요. 축하합니다. 최종 면접 일정을 잡아보려고 하는데요, 다음 주 중에 혹시 안 되는 날짜 있다면 알려주실 수 있나요?

떨어졌다고 해놓고 붙었다니, 나는 이 상황이 이해되지 않아 아무 말도 하지 못하고 있었다.

혹시 이래하씨 연락처가 아닌가요?

네? 아니에요, 저 맞아요. 제가 합격했다고요?

그랬다. 내가 받은 메일은 다른 사람에게 갈 게 잘못 온 것이었고 나는 실무면접에 합격했으며, 다음 주 중반에 최종 면접을 볼 예정이었다. 거절할 이유가 하나도 없었다. 그 회사가 정말 가고 싶었다.

다른 회사와의 최종 면접이었다면 예상 질문 리스트를 뽑고 모범 답안을 만들어다 줄줄 외우고 있었을 것이다. 하지만 그 회사라면 오히려 별다른 준비를 하지 않는 편이 나을지도 모르겠다는 생각이 들었다. 자기소개 스크립트도 빼기로 했다. 실무면접에서도 자기소개를 시키지 않았고, 회사 분위기상 최종 면접이라도 형식적인 자기소개를 요청하진 않을 것 같았다.

임원진들은 퍽 인상적이었다. 그리 나이대가 많아 보이지는 않는 다섯 명의 장정들이 우르르 자리를 잡았다. 목까지 찰랑거리는 단발머리, 혹은 보글보글하고 옆으로 삐친 파마머리. 게임 티셔츠에 반바지, 그리고 맨발. 가장 왼쪽에 실무 면접관으로 들어왔던 인사팀장님이 있었다.

한가운데 앉은 면접관, 업계에서 꽤 이름난 그분이 심드렁한 얼굴로 선빵을 날렸다.

왜 인문대학에서 경제학부로 전과한 거예요?

사실대로 이야기하기로 했다. 어려서부터 인문학을 좋아했다고. 문맥의 행간을 파악하면 즐거웠고, 늘 글이 쓰고 싶었다고. 인문대학을 가는 것은 처음부터 예정된 진로와 다름없었다고. 그런데 막상 들어와 보니까 현실적인 문제들을 고려하지 않을 수 없었고, 인문학부 타이틀보다는 경제학부 타이틀을 쥐는 게 취업에 훨씬 유리할 거라는 판단이 들었다고. 솔직히 말하면 경제학에 거창한 뜻이 있지 않았다고.

그렇다. 전과했다면 마땅히 그렇게 결정한 이유가 있었을 것이다. 재미있는 건, 이때까지 그 어느 회사에서도 이에 대해 질문하지 않았다는 점이었다. 내 얌전한 이력 안에서 상당히 눈에 띄는 부분인데 왜 누구도 질문하지 않았던 걸까. 인문대에서 정경대로 넘어간 이유야 안 봐도 뻔하다는 것이었을까.

어쨌거나 이에 대한 과오를 감출 생각은 없었다. 사실 구색을 갖춰 포장할만한 말도 없었다.

나의 대답을 듣던 면접관이 고개를 딱 들었다. 이력서 사본에 낙서하고 있던 그의 펜은 갑자기 갈 곳을 잃었다. (좀 나중에 알았는데, 그분은 질문에 대한 답변을 들으면서 도형을 그리는 버릇이 있다. 뇌피셜이지만 도형이 많이 나오면 나올수록 합격률이 떨어지는 것 같았다.)

그가 내게 다시 질문했다.

진로를 결정하는 건 중요한 거잖아요. 좀 더 신중했어야 했던 거 아니에요?

나는 대답했다.

맞아요. 그랬어야 했는데 제 생각이 짧았어요.

이 말을 들은 면접관은 고개를 푹 숙인 채로 비실비실 웃기 시작하는 것이었다. 덕분에 회의실을 감돌던 다소 경직된 분위기가 화사하게 살아났다. 내게 질문했던 면접관들을 포함해 모든 사람이 미소를 띠기 시작했다. 나는 인사팀장님을 쳐다보았다. 그는 내게 어떤 눈짓을 했다. "넌 이제 되었다."라고 이야기하신 건 아니었을까 싶다.

한참을 웃던 면접관이 이내 입을 다물고 자세를 고쳐 다듬었다. 그는 이어 질문을 했다.

왜 그렇게 생각하죠?

 취업 좀 잘해보려고 전과를 한 건데 막상 옮겨보니까 전공 수업이 적성에 너무 안 맞았던 거예요. 어느 정도로 안 맞았냐면, 일주일 내리 밤새워 공부해도 시험을 보면 C나 D만 나왔어요. 아무리 안 맞아도 B는 나올 거로 생각했어요. 전공 수업 성적이 무색하게, 타과 수업은 들을 때마다 A가 나왔어요. 물리학사 수업도, 미술학사도, 외교 철학도, 사회학 개론도요. 모두 다 A를 받은 거예요. 그러니까 아무리 노력해도 안 되는 게 있었던 거고, 그래서 전공이 적성에 맞아야 했던 건데 저는 그걸 몰랐던 거죠. 안 맞는 공부하느라고 너무 힘들었어요. 많이 후회하고 있고요. 주변 사람들은 늘 전공보다 학교 간판이 더 중요하다고 그랬는데, 그건 사실이 아니었어요. 과거로 돌아갈 수는 없겠지만 만약에라도 돌아갈 수 있는 티켓을 얻는다면 전 절대 과를 옮기지 않을 거예요.

 모두가 고개를 끄덕이고 있었다. 그 뒤로 어떤 질문을 받았는지는 잘 기억이 나지 않는다. 그냥 독서 모임에 가서 내지난 살아온 이야기를 하듯 편안하게 대화했다. 즐거운 면접이었다. 그리고 절대 떨어지지 않으리란 확신이 들었다.

그 길로 집으로 왔다. 엄마가 문을 열어주었다. 나는 엄마의 팔을 붙들고 말했다. 나 면접 엄청나게 잘 보고 왔다고 말하는 그 순간 010으로 시작하는 누군가의 휴대전화 번호로 연락이 왔다. 인사팀장님이었다.

네, 이거 제 전화번호니까 저장해 두세요. 쉬었다가 오기보다 그냥 빨리 와서 얼른 적응했으면 하는데요. 다음 주 월요일부터 바로 출근하는 건 어때요?

네. 그럼요. 네. 그럴게요. 네. 괜찮아요. 네. 고맙습니다. (전화가 끊기고) 엄마! 나 합격했어!

찰나의 순간, 나는 너무나도 많은 것들을 흘려보냈다. 최종 합격했다는 그 한마디가 뭐라고. 그 말 한 번 들으려고 사무치게 참아왔던 슬픔과 기약 없이 길어졌던 체념의 나날들. 고작 그 말 하나 들으려고 버텨왔던 지날 날들을 떠올리며 나는 한참이나 엄마 품에 안겨 울었다. 도무지 잊히지 않는다. 최종 합격했다는 말을 들은 생에 첫 순간을. 세상의 모든 처음은 설레며 기꺼우나 서서히 잊혀가기 마련인데, 이 기억은 아마 앞으로도 오랫동안 잊지 못할 것 같다.

이 세상 복지가 아니라서

사람의 물결이 파도처럼 넘실거리는 신도림역. 인산인해
라는 말이 이보다 더 어울리는 곳은 없을 것이다.

플랫폼에 전철이 멈추어있는 시간은 약 6초 정도 된다고
한다. 10량짜리 전철에 얼마나 많은 사람이 탈 수 있는지
는 모르겠지만 인천에서 서울 방향으로 가는 사람들의 절
반, 아니 그 이상 되는 사람들이 신도림역에서 내렸다. 마
치 모래를 가득 담은 자루가 펑 하고 터지는 순간과 같이.
그토록 짧은 찰나에 어떻게 그만한 사람들이 일순 쏟아져
나올 수 있는지 나는 늘 궁금했다.

여느 날처럼 이 사람 저 사람에게 치여 걷는지 쓸려가는

지 모르게 지하 플랫폼으로 밀려 내려가고 있었다. 지친 사람들의 거친 발걸음과 끈적한 땀 냄새가 지긋지긋하다고 생각하는 사이, 주머니에 있던 전화기가 요란하게 울리기 시작했다. 나는 겨우겨우 손을 넣어 전화기를 꺼냈다. 팀장님이었다.

출근 중인지 모르겠는데, 래하씨는 그냥 집으로 돌아갔으면 좋겠네요. 태풍 방비 잘하시라고요.

나는 영문도 모르고 눈만 깜박거렸다. 지하 플랫폼에 초록색 전철이 들어오고 있었다. 실내가 확 어수선해졌다가 다시금 사람의 파도가 커다랗게 일었고, 분주하게 움직이는 사람들 사이에서 나는 가만히 서 있었다.

아, 휴가는 쓸 필요 없어요.

찌잉. 코끝이 시렸다. 어떤 회사의 누구는 폭우가 내리더라도 수영해서 정시 출근하라 그랬는데, 당신 팀원들의 안전일랑 요만큼도 생각한 적 없었는데.

정규직 한 달 차 삐약이는 회사가 생경했다. 엑셀 함수 한 번을 제대로 먹여본 적 없는 신출내기에게 팀장님은 단 한 가지만을 요구했다. 수습 기간인 석 달 동안 모쪼록 회사 분위기에 적응해낼 것.

군대 느낌 나는 말투도 좀 어떻게 하고요.

네, 알겠습니다. 네, 명심하겠습니다. 이런 말도 좀 하지 말아요.

사람 볼 때마다 계속 안녕하십니까 하고 인사하면 사람들이 불편해해요. 그냥 눈인사 정도로 해요.

잠시 자리 비우겠다고, 어디 다녀오겠다고 말할 필요 없어요. 그런 건 그냥 알아서 하면 돼요.

시종일관 눈치 좀 보지 말고요.

좀 이상한 곳이라고 생각했다. 다른 회사에서 요구하는 것들만 골라서 하지 말라 그랬다. 팀장님은 이 회사 분위기에 다 적응할 때까지 일을 주지 않을 거라며 으름장을 놓았다.

이 말을 듣고 친구들은 나를 부러워했지만 정작 나는 초조하기만 했다. 수습 기간이 지나도록 적응하지 못하면 잘리게 되는 건 아닐까, 이러다가 영영 일을 받지 못하는 반푼이가 되어버리면 어쩌지, 정말 아무것도 안 해도 되는 건지, 이것도 어쩌면 내가 알아서 일을 찾아서 하는 사람인지 아닌지를 시험하는 건 아닌지. 그놈의 시험, 시험. 무지렁이 생각들이 실타래처럼 어지럽게 풀려나가는 대로 뒤척거리다 오래도록 잠들지 못하는 날들도 있었다.

팀장님은 내게 그냥 가만히만 있으라고 했지만, 그건 정말 쉬운 일이 아니었다. 다른 사람들이 무의식적으로 바쁘다는 말을 입에 담을 때마다 마음이 무겁게 내려앉았다. 점심때가 지나면 찾아드는 모처럼 적막한 공기. 타닥, 타닥 하는 키보드 소리가 사무실을 가득 채우면 사람들의 시선은 온종일 그들 앞의 모니터로만 떨어지는 어느 정도의 시간. 각기 할 일이 있는 사람들 사이에서 나는 목적도 없이 갈팡질팡했다.

가만히 앉아있는 여덟 시간은 영겁처럼 길었다. 회사에서 사용하는 도구들을 어떻게 쓰는지 알아보거나 사내 위키를 정독하거나, 탕비실을 좀 정리하다 오고, 사수에게 간단한 일거리라도 좀 주면 안 되겠냐고 조르기도 하고, 짐을 지고 다니는 총무의 짐을 빼앗다시피 나누어 들고 쫓아다니다 와도 자리에 오면 여전히 일곱 시간이 남아있고, 여섯 시간이 남아있었다. 해는 여전히 중천이었다. 밥 먹으러 회사에 오는 건가 싶을 정도로 밥 먹는 것 외에 달리하는 게 없었다. 정말 이렇게 자리에 가만히 앉아만 있는 게 능사일까 싶었다. 팀장님이 내게 바라는 게 도대체 뭔지 감이 잡히지 않았다.

그때 다른 층의 신규 입사자가 서류를 내러 우리 사무실로 찾아왔다. 그는 길을 좀 헤맸다고 그랬다. 자기는 옆 건물 이 층에서 일한다고 그랬다.

그러고 보니 그랬다. 당시 우리 회사는 여러 개의 사무실로 쪼개져 있었다. 그것도 한 건물에 모여있던 게 아니라서 내가 입사했던 날 사수는 나를 데리고 이 건물 저 건물을 옮겨 다니며 사무실들을 보여주었다. 어느 팀이 어디에 있는 지까진 정확하기 기억하지 못했지만, 여섯 곳 정도 되는 사무실 위치는 기억하고 있었다.

그럼 사무실 탐방이라고 해볼까 하는 생각에 다다랐다. 돌아다니다 보면 구조도 쉬 익히게 될 테고, 사람들 얼굴도 익히게 되겠지. 오가는 말소리들을 들으면 팀들 돌아가는 사정에도 좀 밝아지지 않을까. 아무튼, 종일 여기 앉아만 있는 것보다야 모로 보아도 나을 것이었다. 나는 자리를 박차고 일어났다.

사무실은 두 건물에 파편처럼 마구 흩어져 있었다. 같은 건물 안에 있는 사무실이라도 중간에 엘리베이터를 갈아타야만 갈 수 있는 곳이 있었다. 숨은 미로를 찾아가는 기분이 들었다.

여섯 개의 공간들은 각자 다른 분위기를 가지고 있었다. 가장 오래되었다는 사무실은 어쩐지 좀 비좁고 어두운 느낌이 들었다. 일하는 사람들이 많기도 하거니와, 서비스의 출시를 앞두고 있어서 사람들이 과로하고 있다고 했다. 어두운 건 이들의 출근 시간이 워낙 늦어서였다. 퇴근이 늦어지면서 점차 출근도 늦어졌는데, 다른 사무실과 달리 그곳은 오후 두 시나 되어야 사람들이 한두 명씩 나타나기 시작했다.

길을 건너야 갈 수 있는 다른 사무실은 새것의 느낌이 났다. 회벽과 형광등이 새하얗게 부서지던 하얀 책상들이 정결해 보였다.

사무실마다 탕비실도 비치되어 있었다. 바 형태인 곳도 있고, 한쪽 구석에 완전히 개방된 채로 품목들만 그런대로 갖추어진 곳도 있었다. 내가 일하던 사무실에는 완전히 독립된 영역으로서의 탕비실이 있었고, 그런 덕분에 거긴 때때로 사교의 장으로 거듭나기도 했다.

탕비실은 과자로 만든 집 같았다. 냉장고를 열면 마트에서 파는 온갖 종류의 마실 거리가 꽉 차 있었다. 따뜻한 음료를 좋아하는 사람들을 위한 몇 가지 차와 캡슐 커피도 마련되어 있었다. 때때로 쿠키나 케이크도 들어왔다.

두어 가지 식사 빵과 과일도 있었다. 가짓수가 화려하진 않아도 아침 요깃거리로는 충분한 것들이었다. 그래서 사람들은 출근하자마자 탕비실로 향하곤 했다. 각자의 빵이 토스터에서 구워지는 동안 지난밤 사이 있었던 그네들의 사정들이 말소리가 되어 분주히도 돌아다녔다.

열 시까지 온다 치더라도 일찍 나와야겠네요. 아침은 못 드시겠어요?

그래서 출근하면 탕비실 가서 아침거리부터 챙겨요. 다녔던 회사 한 곳이 전부이긴 하지만, 여긴 먹는 일에 좀 후한 것 같아요. 점심 식대도 금액이 따로 안 정해져 있다고 해서 놀랐어요.

맞아요. 한 끼는 김밥 한 줄로 대충 때우기도 하고 어떨 땐 만원 좀 넘는 거 사 먹기도 하고, 알아서 하면 돼요. 근데 이 업종 회사들이면 어딜 가도 먹는 복지는 잘 되어있어요. 나중에 다른 데 옮겨보시면 알게 되실 거예요.

확실히 그건 그랬다. 과거엔 업계 전반적으로 일이 정말 많았다고 한다. 크런치가 보통의 일상이라 사람들이 하도

스트레스를 받으니까, 먹는 거라도 잘 챙겨주겠다는 취지에서 그런 복지제도들이 생기기 시작했다는 카더라를 들은 적이 있다.

화려한 '먹는 복지'는 회사를 홍보하는 데에도 좋은 수단인지라, 회사들은 앞다투어 자기들만의 시그니처 먹는 복지를 대대적으로 선전하기 시작했다. 내가 다니던 회사 중에는 점심 식사로 뷔페를 제공하던 곳도 있고, 하겐다즈 아이스크림을 무한리필해 주는 곳도 있었다. 친구가 다니는 회사에는 공동 주방이 있다. 직원들은 거기에 마련되어 있는 밀키트로 요깃거리를 만들어 먹을 수 있다고 한다.

희망퇴직으로 이 첫 번째 회사를 떠나면서 이 업계로 돌아오지 못할 거로 생각했는데, 어쩌다 보니 하는 일은 바뀌었더라도 나는 이 업계에 계속 머무르고 있다. 모르긴 몰라도 글 쓰는 작가로 대성하지 않는 한에야 계속 분야 안에서 돌아다니게 될 것 같다. 아무튼, 요 안에서 몇몇 회사들에 다녀보며 직접 겪어본 몇 가지 재미있는 복지에 대해서도 한번 말해보고 싶었다.

지금 내가 다니고 있는 회사에는 따로 정해진 출근 시간이 없다. 그러므로 퇴근 시간이라는 것도 존재하지 않는다.

하루에 여덟 시간을 근무할 필요도 없다. 자기가 일할 시간은 그냥 스스로 관리하면 된다.

물론 한 달 치 정해진 근무시간이 있다. 하루에 여덟 시간을 기준으로 해서 이번 달 20일을 일할 예정이라면, 한 달 동안 160시간을 근무해야 한다. 근무 양을 초과하게 되면 일 분 단위로 초과근무수당이 지급되는데, 근무 양에 미치지 못하면 어떻게 되는지는 안 해봐서 잘 모르겠다.

사실 나는 자율 출퇴근 제도를 2016년도에 처음 경험했다. 내가 다니고 있던 스타트업은 그때 이미 자율 출퇴근 제도를 운용하고 있었다. 사무실에 출근해도 되고 집에서 일해도 되고, 밤에 출근해도 되고 새벽에 출근해도 되고. 오늘 다섯 시간 일하고 내일 열한 시간 일해도 되고, 쉴 사람은 쉬고. 그냥 다 알아서 하면 되는 식이었다.

그리고 출퇴근 시간이 고정되어 있던 회사를 삼 년 정도 다니다가, 지금 이 회사로 왔다.

현실에 잘 순응하는 탓에 일요일 밤이면 구름떼처럼 몰려드는 월요병이라거나 하는 근심거리는 없었지만, 제때 일어나는 과업만은 매번 버거웠다. 아침 일곱 시만 되면 잠을 더 자고 싶은 나의 본능과 지금 반드시 일어나야만 한다는 이성이 격렬하게 싸워댔다. 이런 경우 대부분 첫 승리는 본능이 거머쥐게 되므로, 나는 알람시계의 분침을 십오 분 정도 일찍 당겨놓았다. 그래도 영 안 되겠을 땐 시간 휴가를 내곤 했었다. 출근 시간이 고정된 회사는 이게 너무 힘들었다.

하지만 이제는 정해진 시간에 출근할 필요가 없게 되었다. 내 컨디션은 아침 아홉 시까지 최악이므로, 나는 아홉 시를 넘길 때까지 이불을 돌돌 말고 누워있다. 정신도 제대로 못 차린 채 일을 시작해봐야 회사에도 손해 내 기분도 손해라는 변명 아닌 변명으로 게으름을 피운다.

드문 일이지만 일찍 눈을 뜨는 날도 있긴 있다. 그렇더라도 굳이 일찍 일을 시작하지는 않는다. 이러나저러나 일찍 일을 시작하는 건 영 개운하지가 않아서 그렇다. 몸이 무거운 날에는 스트레칭을 해서 풀어주고, 날이 좋을 땐 풀과 나무가 많은 골목으로 산책하러 나간다.

아무도 뭐라고 하지는 않지만 나는 대강 열 시쯤 일을 시작하고 있다. 오후에 따로 휴게시간을 내더라도 일단 시작하는 건 오전 열한 시를 넘기지는 않으려고 한다.

나는 어쩌다 한 번씩 점심시간에 한두 시간 정도를 더 붙여서 쉰다. 그때 여러 가지 일을 한다. 아침에 채 못한 운동을 하기도 하고 영어 과외를 받을 때도 있다. 물리치료 받으러 병원에 가기도 하고, 볼 일이 있어 은행에 간 적도 있다. 어느 날엔 가는 날씨가 정말 화창한 나머지 갇혀 일만 하는 게 억울할 지경이었다. 할 일이 좀 많은 건 아니었지만, 이런 날에만 할 수 있는 낮 산책을 하기로 했다. 직장인인 내게 밤 산책은 익숙하지만, 낮 산책은 사치에 가까운 것이었다. 아무튼, 나는 휴게시간을 한 시간 더 등록했다. 그리고 조금 걸어 나가야 하는 케이크 가게에 가 오렌지 케이크를 사 왔다. 그 케이크 가게에 가는 길목에 개울이 흘렀고, 풀이 돋아났고, 새가 날아다녔다. 모처럼 따사로운 햇볕을 온몸으로 받았다. 오후에 이렇게 쉬어가는 시간은 더할 나위 없이 소중하다. 비록 저녁 늦게까지 밀린 일을 쳐내야 하더라도.

수 달 전에 사고를 당했다. 간단한 수술이라고 했지만 어쨌거나 수술이었고, 한동안 일신은 그리 편치 않았다. 매일같이 병원을 들락날락했다. 봉합한 상처도 소독하고 물리치료도 꾸준히 받아야 했다.

다행히도 병원을 가는 일이 그리 부담스럽지는 않았다.

한동안 나는 세 시쯤부터 한두 시간씩 휴게시간을 쓰고 병원에 다녀왔다. 평일 그때면 어느 병원을 가더라도 기다림 없이 바로 진료를 받을 수 있었다.

이런 게 정말 맘에 든다. 나의 스케줄과 회사의 업무를 고려해가며 나의 24시간을 효율적으로 사용할 수 있는 점, 그러잖아도 모자란 연차를 심부름이나 다른 볼일들 때문에 쓸 필요가 없다는 점. 덕분에 일분일초에 허덕이지 않고 오늘도 느긋하게 걷는다.

이 회사엔 장기근속 휴가가 있다. 친구네 회사에도 있다. 업종마다 장기근속의 기준값이 좀 다를 거 같기는 한데, 이 업계에서는 대체로 한 회사에서 삼 년 정도 일하면 꽤 다녔다고들 말한다. 그래서 그런지는 모르겠지만 장기근속 휴가 제도를 운용하는 회사들의 장기근속 기준은 보통 삼 년이라고 한다.

내용물은 회사마다 조금씩 다르다. 친구가 다니는 회사에서는 삼 년을 다니면 한 달짜리 안식월을 준다. 우리 회사는 처음에 이 년을 다니면 친구네 회사보다는 좀 짧은 휴가에 웃돈을 얹어 주는 식이다.

휴가를 쓰는 방법도 자율에 맡기는데, 하루씩 잘라서 써도 되고 일주일씩 잘라서 써도 된다고 한다. 그냥 휴가 주인 맘대로 쓴다고 생각하면 편하다.

　나는 이 제도를 매우 노리고 있다. 유독 지치는 날이 있을 땐 휴가 떠날 날을 상상해본다. 내가 장기근속 휴가를 받을 때라면 팬데믹도 어느 정도 정리가 될지도 모른다. 만약 그렇게 된다면 몬테네그로에 여행을 떠나고 싶다. 연차를 며칠 붙여 쓰면 한 달 동안 떠나있을 수도 있다. 퇴사하지 않아도 한 달 살기 여행을 할 수 있다니, 멋진 제도.

　사람 사는 건 다 비슷한 관계로, 아마 다른 사람들도 장기근속 휴가만 바라보며 하루하루 살아가는지도 모르겠다. 회사 차원에서도 나쁠 건 없을 거 같다. 아이러니하지만 사람을 뽑음에 있어 이 업계에는 두 가지 특이사항이 존재한다. 이직이 굉장히 잦아서 일 년 단위로 회사를 옮겨 다니는 일도 흔하다는 것과 그런데도 사람을 뽑기가 워낙 어렵다는 것. 이 두 가지는 공존하기 어려워 보이지만 현실에서 함께 존재하고 있다. 그러니까 장기근속 휴가 제도는 사람을 삼 년 정도 붙잡아놓을 수 있는 꽤 괜찮은 구실이라고 생각한다.

　하지만 내가 이 업계에 매료된 가장 큰 복지는 사실 다른 데에 있다. 만민의, 만민에 의한, 만민을 위한 평등한 분위기와 또 다른 시간 복지로서의 재택근무. 이 두 가지에 대해 조금 더 이야기해보고 싶다.

사람 위에 사람 없고 사람 아래 사람 없다

사수가 웬 상자 하나를 안고 자리로 돌아왔다. 그의 취향은 절대 아닐 만 한 커다란 리본이 달린 선물 상자였다. 사수가 지나다니는 길로 향긋한 남국의 향기가 나는 것 같았다.

상자를 말없이 물끄러미 바라보고 있으니까 사수가 얼른 상자를 열어 보였다. 한눈에도 먹음직스러워 보이는 불긋한 과일들이 사열 종대로 나란히 뉘어 있었다. 영롱하고 결이 반짝반짝한 애플망고를 보니까 나도 모르게 군침이 돌았다. 크기는 내 주먹 두 개 만할까. 애플망고야 지금도 비싼 축에 속하지만, 그땐 정말이지 선물이나 들어와야 먹을 수 있는 귀한 과일이었다.

이건 어디서 났어요?

사장님 선물로 들어왔어.

근데 그걸 왜 사수가 들고 있어요?

나눠줘야 하잖아.

이걸 왜요?

우린 원래 다 나눠 먹어.

사수가 날랜 손놀림으로 무언가를 쓰기 시작하더니 곧 전체 메일이 하나 날아왔다. 발신인은 사수, 수신인은 co_전체. 대충 이런 내용이었다.

다들 일하느라 피곤하시죠? 사장님 이름으로 애플망고 12개들이 상자가 들어왔어요. 잠도 깰 겸 이벤트를 하나 하려고 해요. 지금부터 저를 찾아오세요! 선착순 열두 분에게만 선물로 망고를 한 개씩 드릴 거예요.

나는 얼른 사수를 뒤돌아보았다. 한 마디 운도 떼기 전에 사람들이 사무실 문을 열고 들어오기 시작했다. 졸졸졸 뒤따라 걸어 들어오는 사람들을 보며 나는 줄 맞춰 걷는 장난감 병정을 떠올렸다.

그렇게 망고의 12주인들이 선정되었다. 타조알을 들고 있는 것처럼 두 손을 고이 모아 망고를 들고 가는 사람들의 행렬이 얼마나 귀엽고 재미있었는지 모르겠다.

　사람들은 이렇게 불현듯 찾아오는 퀴즈 메일을 기다렸다. 그건 출근길에 들고 오는 한 잔의 아메리카노나, 오전 근무 시간 내내 고민하고 있었을 점심 메뉴와 같은 한 주의 소확행이었다. 사수의 메일이 도착하면 사람들은 선물을 뜯어 보는 기분으로 메일함을 열었을 것이다. 나도 그랬다.

　사수는 사내에서 가장 영향력이 있는 인플루언서였다. 머리가 정말 비상한 사람이기도 했다. 그의 머리에서는 세상의 모든 문제와 해답이 들어있는 것 같았다. 언제고 사람들의 호응을 끌어낼 수밖에 없는 기막힌 아이디어를 내곤 했다. 그의 창의력은 영원히 마르지 않을 것 같았다.

　사장님은 철학이 확고한 사람이었다. 회사 대표자로 이름을 올리고 있을지언정, 회사가 굴러가는 건 사백 명의 직원들이 제 자리에서 노력하는 덕분이라는 걸 누구보다 잘 알고 있었다. 그래서 회사나 당신 앞으로 들어오는 선물들은 응당 다 나누어 가져야 한다고 생각했다.

　그렇게 회사로 들어오는 선물들은 사장님을 거쳐 사수에게로 넘어가곤 했다. 사장님은 구색 맞추는 걸 좋아하지 않았고 사수는 지루한 걸 참을 수 없었다.

'선물 메일'이 탄생하게 된 배경은 뭐, 사장님의 강력한 의지 때문이었다고 말할 수 있겠다. 선물은 대표 이름으로 왔지만, 회사가 잘 돌아가는 건 각자의 자리에서 묵묵히 맡은 일을 해내는 직원들 덕분이라고 생각하고 계셨던 거 같다.

첫인상은 조금 괴팍했달까. 덥수룩한 파마머리에 거뭇거뭇한 수염 자국. 맨발에 슬리퍼 차림새. 들어보니 겨울에는 어그 부츠를 신고 다닌다고 했다. 부리부리한 눈매로 내 이력서 복사본에 온갖 도형을 그리고 있던 그는 이 바닥에서 정말 유명한 1세대 개발자였다.

그는 어떤 '보통의 사장님' 기준에도 그리 부합하지 않아 보였다. 분리수거하러 나온 옆집 아저씨의 프리한 행색을 연상케 하는 옷매무새가 그랬고, 나를 "얘!"하고 부르던 예의 곱상스러운 말투가 그랬다. 엘리베이터에 직원들과 사장님이 꽉꽉 들어차 있는 걸 보면 공연히 웃음이 났다. 이 회사 직원이 아닌 사람들이라면 그중에 누가 사장님인지 도무지 모를 것이었다.

때때로 그를 마주칠 때마다 여러 가지 생각이 들었다. 그러니까 내가 상상해온 사장님은 음, 드라마에 나오는 여타의 사장님들이라고 해야 하려나. 여러 명의 수행원을 대동

하고 정장 재킷을 휘날리게 걷는 사람. 수행 기사가 딸린 세단을 타고 다니는 사람. 회의실 상석에 앉아 임원진들의 보고를 듣고 있는 그런 사람이었는데, 현실의 사장님은 테헤란로 저 먼발치에서 슬리퍼를 질질 끌며 아이스커피를 마시고 있었다.

그는 흥미로운 연구 주제 같았다. 많은 일화가 그를 따라다녔다.

모 팀의 신입사원을 채용하는 면접 자리가 있었다. 지원자는 소싯적의 나처럼 기합이 잔뜩 들어간 얼굴을 하고 있었을 것이다. 사장님은 면접 끝에 하고 싶은 말이 있으면 하고 궁금한 게 있으면 뭐든지 편하게 물어보라고 말했을 것이다. 지원자는 이렇게 답했다고 한다.

주인의식을 가지고 언제나 최선을 다하겠습니다!

아……. 모르긴 몰라도 한 소리 들었겠다고 생각했는데 역시나. 이야기를 전하는 사수 말로, 사장님은 이렇게 따졌다고 한다.

아니, 회사는 내 건데 왜 지원자께서 주인의식을 가지나요? 주인의식은 내가 가질 거니까 지원자께서는 딱 월급 받는 만큼만 일하면 돼요!

그건 일에 대한 그의 철학이 돋보이는 명대사였다. 그렇지, 그는 신출내기 꼬꼬마가 소명 의식 책임 의식 운운하는 걸 가만히 지켜보고 있을 양반이 아니었다.

이런 그의 한 마디 한 마디에는 때때로 묘한 설득력이 담겼다. 맞는 말이다. 펭귄 정장을 입고 참석해야만 하는 자리들에서 을에 해당하는 사람들은 힘차게 주인의식을 갖겠다고, 사명을 갖겠다고들 외친다. 나도 그랬다. 큰 회사의 면접을 그렇게 많이 다니면서도 단 한 번도 의심하지 않고 어떤 의식, 의식들을 부르짖었다. 하지만 어떤 면접관도 그 단어들의 본질에 대해 지적해 주지 않았다. 그건 왜였을까. 그런 것들은 사람을 뽑는 위치에 있는 사람들이 고민해야 하는 것이었다. 입사지원자들에게 요구될만한 게 아니었다.

정장 차려입는 걸 좋아하는 개발자가 있었다. 그는 옷에 대해서라면 마땅한 취향이란 게 없었다. 그 취향을 찾는 일을 부담스러워했다. 셔츠와 바지의 색깔이나 모양새를 갖추어 입는 게 그에겐 난공불락의 퍼즐을 풀어내는 것과 같았다. 정장을 입으면 그런 고민을 할 필요가 없어서 좋다고 했다. 정장은 한 벌로 나오니까 그냥 그걸 입으면 된다고,

하얀 셔츠만 여러 벌 사두면 그만이라고 했다. 그래서 그는 정장을 입고 출근했다. 덧붙이자면 이 동네에서는 정장을 입고 출근하면 으레 상갓집에 간다고 생각한다. 상갓집만이 정장을 입을 수 있는 유일무이한 구실이다.

사정이 이렇다 보니, 머리를 무지개색으로 염색하든 한여름에 털 조끼를 입고 나타나든 다 상관없지만, 정장을 입고 나타나면 사람들이 휘둥그레지게 놀란다. 그의 차림새는 어디에서든 눈에 띄었다. 당연히 사장님의 레이더에도 걸리고 말았다.

사장님은 정장을 싫어했다. 싫어하는 정도가 아니라 속된 말로 극혐한다고 말해야 할 거 같다. 사장님과 정장은 같은 세계에 공존할 수 없는 것처럼 보였다. 둘 중 하나가 사라져야만 세계 평화가 찾아올 것만 같았다. 그러니까 정장을 입고 사장님의 회사로 굴러들어온 그 개발자를 사장님이 좌시하지 않으리란 건 불 보듯 뻔했다.

사장님은 몹시 못마땅하다는 듯한 티베트 여우의 얼굴을 하고서 그를 찾아갔다고 한다. 그리고 우리 회사가 지향하는 자유 복장이 어떤 정신과 가치를 내포하고 있는지에 대해 장황하게 설명했을 것이다. 상하 관계나 규격에 얽매이지 않고 본업에만 몰두할 수 있도록 블라블라 하는 스피릿의 결론은 정장 입지 말란 말이었을 테다.

그러나 그 개발자, 만만한 사람이 아니었다. 그는 회사의 자유 복장 규칙에 대해 이의를 제기했다. '자유 복장'을 해도 된다면서 정장만은 안 된다고 하는 말은 모순이 아닌지, 과연 정장을 입지 못하는 회사의 규칙을 '자유 복장'이라고 일컬을 수 있는지에 대해 둘은 열띤 토론을 시작했다.

나는 이 개발자가 티셔츠에 반바지 차림으로 돌아다니는 모습을 끝끝내 보지 못했다. 어지러운 개발실 사무실 안에서도 그는 홀로 정결했다. 기어이 사장님이 그에게 설득당한 모양이었다. 설득한 개발자도 웃기고, 두 손 다 든 사장님도 웃기고. 거긴 그런 곳이었다.

장마철에 한 스타트업으로 이직을 했다. 세 번째 회사였다. 희망퇴직을 하게 만든 첫 번째 회사와 어느 날 갑자기 폐업해버린 두 번째 회사. 그러므로 부디 이번 회사에서는 아무 탈 없이 오래 다니기만 바랄 뿐이었다.

가정집을 개조한 공간은 사무실이라기보단 레트로한 카페 같았다. 제법 널따란 테라스도 있었다. 테라스의 나무 바닥과 조그마한 정원은 마음이 어지러울 때마다 내게 말 없이 위로를 건네는 친구들이었다.

그래서 나는 생각이 많아질 때마다 테라스로 나갔다. 거기에서 가만히 가만히 걸을 때마다 나무 바닥으로부터 잔잔한 울림이 전해졌다. 유리 벽 하나를 두고 완전히 분리된 그 공간에서 나는 종종 숨을 골랐다.

테라스와 연결된 면은 손잡이를 잡고 밀면 부채처럼 접혀 나가는 폴딩도어로 되어있었다. 그래서 날씨가 좋을 땐 문을 넉넉하게 열어두었다. 잔바람이 살갗을 스치고 갈 때마다 나는 생동했다. 정체된 사무실 공기만이 나를 감싸고 있지 않았다. 일하면서도 움직이는 바깥의 대기를 느낄 수 있었다.

내가 막 이직했을 땐 장마가 한창이었다. 억센 비가 온종일 쏟아지지는 않지만, 적당한 비가 자주 내렸다. 테라스의 나무 바닥에 빗방울이 튕기는 소리가 들려오기 시작하면 나는 얼른 문을 열어젖혔다.

적당한 빗소리, 테라스 바닥으로 통통 튀기는 물방울들이 만들어내는 원형의 흔적, 폴딩도어를 타고 미끄러지는 빗방울의 모양들, 그리고 제법 습한 여름의 공기들이 사무실을 비집고 들어오면 나는 잠시 눈을 감고 들숨을 크게 쉬었다.

그 사무실에는 모서리마다 빈백이 늘어져 있었다. 눕는 용도로서 존재하는 것들이었다. 사무실에 사람들이 여기 벌러덩 저기 벌러덩 누워있는 모습들은 그곳의 그저 평범한 일상이었다.

아니, 지금 사무실에서 누워 자는 거야? 난생처음 맞닥뜨린 기묘한 광경에 어쩔 줄 모르던 나는, 어느샌가 나도 모르게 빈백과 혼연일체 되어가는 나의 모습을 발견하고 말았다.

사람들도, 나도 일하다 피곤하면 빈백에 누워서 잠깐잠깐 졸았다. 기획서를 읽을 때도 빈백에 앉아있었고, 빈백에 누워서 세미나 자료를 만들고, 그냥 심심하니까 빈백에 엎드려 있고 그랬다.

녀석은 가히 치명적이어서 한 번도 안 쓴 사람은 있어도 한 번 밖에 안 쓴 사람은 없을 것이었다. 나도 점차 빈백의 매력에 빠져들어서 나중엔 빈백이 내 사무용 책상인지, 어디가 내 자리인지 구분하지 못할 지경이었다.

빈백이 가장 요긴하게 쓰이는 때는 월간회의 때였다. 그

건 개발, 사업, 운영 각 부서 사람들이 한곳에 모여서 한 달 동안 진행한 일들에 대해 말하기도 하고 대표님의 브리핑도 듣고 하는 시간이었다.

전 직원이라고 해봐야 사십 명이 겨우 넘을까 말까 한 규모이긴 했지만, 그 인원이 양옥집 한 층에 모여있으면 제법 꽉 찬 분위기가 났다. 자기 자리가 있는 사람들은 제 자리에 앉고 서 있고 싶은 사람은 서 있고, 그냥 바닥에 앉아서 회의를 듣고 싶은 사람들은 바닥에 앉았다. 사람들은 여기저기 널려있던 빈백을 하나둘씩 들고들 나타났다. 그들이 바닥에 양반다리로 앉든 빈백에 누워있든 어쨌든 다 자리를 잡고 나면 대표님은 슬슬 브리핑을 시작했다.

이 동네 생태계는 정말 빠르게 변한다. 밤사이에 수많은 별이 떴다 어디론가 사라지는 것처럼, 눈을 뜨고 나면 어제는 존재하지 않았던 것들이 금세 내 옆에서 숨을 쉬고 있다. 모바일 뱅킹 애플리케이션이 그랬고 음식 배달을 시키는 애플리케이션도 그랬다. 그런 것들은 눈 깜짝할 사이에 내 생활방식 안으로 깊이 파고든다.

개발에 대한 지식체계는 십시일반으로 진화하고, 사용자들의 요구 사항은 하루가 멀다고 수시로 뒤바뀐다. 환경이 이렇게 급변하다 보니 여기서 도태되지 않기 위해 어떤 몸부림을 쳐야 한다. 항상 새로운 것들을 받아들이기 위해 나 자신을 최초의 찰흙처럼 유지해야 한달까. 적자생존의 한 방식으로서, 사람들은 늘 새로운 지식을 받아들이고 같이 일하는 사람들의 피드백을 반영하기 위해 노력하고 있다. 매사 눈과 귀를 열어두고 있다. 업계에서 일한다는 건 수많은 사람의 서로 다른 생각들이 오가는 과정에 참여하고 있다는 말이고, 그런 말들이 쉬이 오가기 위해선 상대방의 지위나 입장 같은 걸 고려하기보단 그냥 자유롭게 아무 말 대잔치를 할 수 있는 분위기가 필요했다.

반면에 수평적으로 이야기를 하는 데에 직급이나 지위는 전혀 도움이 되지 않았다. 그래서 그러겠지만 이 바닥에는 부장님, 차장님으로 사람을 부르는 일이 좀처럼 없다. 가장 대중적인 호칭은 이름에 '님'을 붙이는 식이다.

생각해 보면 충분히 이해가 가는 게, 만약에 내가 이십 년 경력을 가진 개발자이면서 동시에 권위적인 부장님이라면 아무도 내게 건설적인 피드백을 주려고 하지 않을지도 모른다. 아니, 고작 사원 나부랭이인 제가 어떻게 감히 부장님의 코드를 리뷰할 수 있겠어요? 이렇게.

문제는 시니어라고 늘 완벽할 수 없다는 것, 그리고 아주 사소한 결함이 1급 장애를 일으킬 수 있다는 점이겠다. 그러므로 남들에게서 피드백을 받지 못하는 처지가 된다는 건 다시 말해, 사형 선고를 받는 셈이다. 기억하자, 여긴 적자생존의 정글이다.

내가 작성한 코드를 적용하기까지의 과정에서 반드시 누군가의 리뷰를 거쳐야만 한다. 내가 만들어낸 오류는 보통 내 눈에 보이지 않는다. 남의 눈을 거쳐야만 비로소 나타나는 것들이 있다.

그러므로 여기서는 혼자 일할 수도 없고 일방적으로 일할 수도 없다. 어느 일자리보다도 서로 긴밀해야 하고, 더 많은 이야기를 나누어야만 한다.

경력이 짧은 사람이 오래 일한 사람에게서 얻어낼 수 있는 무언가가 있듯, 길게 일해온 사람들이 불현듯 놓치기 쉬운 것들도 있다. 이럴 때 어린 동료들에게서 배우는 점이 많다고, 절친한 오십 대의 현역 개발자는 내게 말했다.

여기선 모두가 똑같다. 회의한답시고 리드가 긴 테이블의 상석에 앉는 일도 흔치 않다. 상석에 막내 개발자가 앉아있어도 누구 하나 뭐랄 사람이 없다. 자리가 사람을 만드는 게 아니니까 누가 어디에 앉든 아무래도 상관없다.

회의할 때 리드는 중재자나 진행자의 역할을 맡는다. 논의해야 하는 주제를 던져주고 때때로 방향을 잡아주는 게 우리가 리드에게 기대하는 부분이고, 리드는 회의에서 의견을 제시하기보단 과묵한 편이 좋다. 그래야 팽팽한 격론 속에서 팀원들끼리 마침내 어떠한 결과를 끌어낼 수 있을 테니까.

만인의, 만인에 의한, 만인을 위한 평등 아래 누가 다른 이를 위해 의전을 하는 일도 없다. 물론 여기도 사람들이 모여 사는 곳이니까 같은 팀 사람들끼리 삼삼오오 모여 밥을 먹는 일은 흔하지만, 그만큼 따로 먹는 일도 흔하다.

점심시간에 팀장님을 모시러 간다거나, 오늘 팀장님의 입맛은 어떠한지에 관해 물을 필요도 없다. 점심시간은 소중하고 밥은 평일 직장인들의 유일한 낙이기 때문에 모두 자기가 먹고 싶은 걸 먹어야 한다. 나는 갈비탕이 먹고 싶은데 팀장님은 햄버거가 먹고 싶다면 팀장님은 그냥 햄버거를 먹으러 가시면 된다.

그 상대가 사장님이라고 해서 다를 것도 없다. 사실 사장님을 사장님이라고 부르는 경우도 별로 없다. 이때껏 내가 있었던 회사의 최고 책임자들은 그런 지위로서 불리기를 바라지 않았다. 편하게 이름을 불러 달라는 사람들이 많았다. 그들 중에는 댄, 마리아처럼 영어 이름으로 불리는 사람들도 있었다.

업무 고충이 있을 땐 사장님들에게 이야기해도 된다. 이 바닥의 사장과 직원 관계가 그렇다. 메일로 자기 생각에 대해 말하거나 어려움을 호소해도 되고, 면담을 요청해도 된다. 그렇게 들어간 의견들은 제법 반영이 된다. 그저 이야기를 들어주는 데에 그치지 않고 더 조화로운 업무 환경을 만들기 위해 사장님들도 그들의 위치에서 할 수 있는 일을 하는 것이다.

지위 고하를 막론하고 모두가 똑같이 대접받기 때문에 나이가 많거나 경력이 길다는 이유로 누군가에게 하대할 수가 없다. 애초에 그럴 사람도 없긴 하지만 아무튼 내가 저 사람보다 나이도 많고 경력도 꽤 되니까 반말 정도는 해도 이해하겠지, 하고 행동에 옮기는 사람이 있다면 그냥 바로 사장님에게 면담을 요청하면 된다.

나이나 경력이 그 사람의 하는 일과 위치에 관련되어 있다고 보기도 어렵다. 보통은 나이가 되면 매니징을 하는 게 흔한 절차라고 하지만, 여기선 그게 그렇지가 않다. 꼭 나이가 많다고 리딩 하라는 법이 없다. 매니징은 매니징 잘하는 사람이 하고, 개발 잘하는 사람은 나이가 어떻든 현업에 남아야 한다. 사정이 그렇다 보니까 나이가 비교적 어린 매니저와 오십 대 팀원이 함께하는 경우도 꽤 있다. 자기보다 어린 팀장 아래에서 어떻게 일하냐는 물음을 가끔 받는데, 팀장 '아래'에서 일하지 않으므로 괜찮다. 누가 아래고 누가 위에 있다는 개념이 성립하질 않는 거다.

　예전에 회사의 최고기술 책임자로 계시는 분이 이렇게 말씀하신 적이 있었다. 우리는 아무리 못해도 하루 중 삼 분의 일은 회사에서 보내고 있지 않냐고. 출퇴근하는 시간까지 치면 하루의 절반은 회사와 일에 쓰는 셈인데 그럼 회사에서 지내는 시간이 곧 삶의 질과 직결되는 문제 아니겠냐고. 물론 일하는 거 자체가 별로 기꺼운 일은 아니겠지만, 그렇게 먹고살라고 모인 거니까 그건 어쩔 수 없겠고, 일할 때는 일 자체에만 몰두할 수 있는 환경을 조성해보고 싶다고. 눈치 보느라 기 빨리고, 눈치껏 행동해야 하고, 대인관계 때문에 스트레스받아 가며 소모할 에너지 아껴서 일이나 열심히 하자고.

그의 말에 전적으로 동의했다. 다가오는 아침이 두려워서 선뜻 잠자리에 들지 못했던 날들이 있었다. 과중한 업무나 길고 긴 출퇴근 시간이 두려워서 그랬던 건 아니었다. 나를 지치게 했던 건 일 외적으로 신경 써야 했던 사람들과의 관계나 알력 다툼, 눈치 싸움 같은 것들이었다. 업무 성과나 팀워크에 하나도 도움이 안 되는 것들이 '원래 사회생활은 다 그렇다.'라는 명제를 근거로 끈질기게 나를 붙들곤 했다.

우리 쪽 일은 그런 위계질서가 좀 필요해요. 우리 쪽 일은 술을 좀 마셔야 해서요. 우리 쪽은 아무래도 남자가 나아요. 이런 말이랑 예체능 분야에선 선후배 관계가 중요해요, 애들한테는 체벌이 좀 필요할 때가 있어요 하는 말이랑 다른 게 뭔지 나는 잘 모르겠다.

내가 사회 경험을 엄청 다채롭게 해온 사람은 아니고 경력도 그리 긴 편이라고 말할 수도 없긴 한데, 뭐 그래도 이건 분명히 말할 수 있다. 조직 생활이나 팀워크를 위해 꼭 필요하다고 하는 것들은 대개 내일 당장 사라지더라도 전혀 문제 되지 않을, 지극히 사사로운 것들이었다.

나는 여기 일하러 왔지만, 일하러 왔을 뿐이다. 노동하고자 나의 취향과 사상을 다 내려놓겠다고 한 적이 없고, 나보다 지위가 높은 사람들의 비위를 맞추는 건 연봉협상을 한 게 아니다. 취업규칙에 부당한 요구까지 다 참고 견디어 내라는 조항은 없었다.

그래서 나는 만민 평등에 기반한 이 업계의 자유로운 분위기를 좋아한다. 그 정도 나이가 되었으면 결혼을 해야지, 하는 사람들의 말도 안 되는 잔소리를 들을 일도 없고, 들을 이유도 없고. 내가 원하던 색으로 머리를 염색하고, 입고 싶은 옷을 입고, 듣고 싶은 노래를 들으며 일을 한다. 대신 업무 시간엔 일에 집중한다. 머리 색깔이 좀 노랗고 혼인을 하지 않았더라도 뭐 어때, 일만 잘하면 되는 거지.

아침 아홉 시에 일어나는 직장인 L씨

몇 달째 똑같이 흘러가는 일상. 시침이 오전 아홉 시를 가리키면 갓난아이처럼 울어대기 시작하는 알람 소리의 무시무시한 위력에도 불구하고 나는 쉬이 몸을 일으키지 못한다. 그건 어쩌면 나의 속성 때문이라고, 의학적 상관관계에 관해 설명하지는 못하겠지만 아무튼 난 길어지면 수십 분씩이나 지속하는 자신과의 싸움이 타고난 저혈압에서 기인한 것이라고 주장하고 있다.

어찌어찌 겨우 일어나면 우선 암막 블라인드를 올려 젖힌다. 블라인드가 한 층 한 층 올라갈 때마다 그 틈바구니로 새어 들어오는 볕을 좋아한다. 방 안이 환해지고 나면 잠시 창가에 서서 따사로운 햇살을 온몸으로 받아낸다. 피부에 따뜻한 느낌이 와닿으면 새삼 바짝 말린 이불 냄새가 나는 것 같은 착각이 인다. 나는 그렇게 살금살금 잠에서 깬다.

한 칸짜리 방으로 빼곡한 그 동네에서 채광이 가장 좋은 곳이었다. 부동산을 수십여 곳이나 돌아다니며 벌집을 뒤지듯 수많은 방을 둘러보았고, 그중에 가장 쓸만하고 빛이 잘 드는 이 칸을 낙점했다. 사실 이 동네의 원룸 열에 아홉은 아침이고 낮이고 형광등을 켜지 않는다면 도저히 지낼 수 없을 정도로 캄캄한 곳들이 즐비하다.

이부자리를 정리하고 나면 같이 사는 반려 식물의 자리를 창문 곁으로 옮겨둔다. 나를 제외하면 이 방의 유일한 생명체인 녀석의 파란 이파리는 때때로 혼자 사는 내게 큰 위로가 된다.

얼른 씻고 나서 커피를 내린다. 그리고 자리에 앉으면 대충 늘 일을 시작하는 그 시간이 된다.

나는 언제 끝날지 모를 재택근무를 하고 있다. 입사한 순간부터 지금까지 계속하고 있다. 팬데믹이 끝나더라도 사무실로 돌아가지 않을지도 모르겠다. 혹자는 이미 난 틀렸어, 이제 사무실로 돌아가서는 일할 수 없다는 사람들도 속출하고 있다. 바이러스는 마땅히 그러하다 싶었던 것들, 일은 사무실에서 해야만 한다는 그런 명제를 무너뜨리고 있다. 나는 세상에 당연한 건 없는 게 당연하다 그랬던 어떤 친구의 역설을 잠시 곱씹어 보았다.

하루 확진자가 천 명에 육박하던 그 당시에 이직하게 된 나는, 한순간에 달라진 업무 환경에 적응하느라 오랫동안 애를 먹었다.

아무튼, 나의 든든한 동료들과 나, 우리는 대체로 아침 열 시쯤 일을 시작한다. 누가 그렇게 하라고 한 건 아니다. 다른 이유도 없다. 그냥 동료들이 열 시 정도면 나타나서 나도 대충 맞춰서 나타나기로 했다. 그건 열 시가 만만하기 때문인지도 모른다. IT업계 종사자들에게 아침 아홉 시는 첫새벽이나 다름없는 시간이고, 매일 열한 시나 점심때를 넘어 출근하자니 저녁이 없는 삶이 조금 부담스러울 수도 있고. 아, 물론 아침이 있는 삶이긴 하겠다.

열 시에 나타난다고 해서, 그전까지 씻고 옷을 딱 갈아입고 업무를 준비한다는 건 아니다. 이건 비밀이고 나는 비밀을 아주 조심스럽게 말하는 건데, 아홉 시 오십오 분에 겨우 눈을 뜨고 허겁지겁 일어나 헝클어진 머리로, 잠옷을 입은 채로, 양치도 안 한 채로 일을 시작하는 날도 가끔 있다. 뭐 회의만 없다면야 별 상관없을 것이다. 잠옷을 입고 일하나 원피스를 입고 일하나 일의 품질에 영향이 있는 것도 아니니까. 대신 아침에 회의가 있다면 윗도리 정도는 미리 갈아입으려고 한다. 아무래도 나의 토끼 그림 잠옷은 좀 부끄럽다. 같이 회의하는 사람들은 내가 여전히 파자마 바지를 입고 있는 줄은 모를 테니까, 아무래도 바지는 상관없겠다.

꽃 피는 사월에, 다만 바이러스가 창궐하여 민심만은 흉흉하던 그 시절에 나는 이직을 했다. 직전에 다니고 있던 회사에서는 삼 년을 꽉 채워 일했다. 원래부터 삼 년만 다니기로 했던 곳이었다. 집에도 그렇게 말해두었다. 나는 2020년 4월이 되면 긴 여행을 떠나기로 되어있었다. 반년에서 일 년에 걸치게 될 일정이었고, 거기다 쓸 목돈도 따로 마련해둔 참이었다. 2019년에서 2020년이 되었을 때, 한평생의 소망을 목전에 두고 어쩔 줄 몰라 두근두근하던 가슴을 기억한다. 그로부터 며칠도 안 되어 전염병이 걷잡을 수 없이 퍼지기 시작했다.

그건 하늘의 뜻이었을 것이다. 어차피 하루 이틀 만에 정상 궤도로 돌아올 상황도 아니고, 네가 아무리 바라더라도 어쩔 수 없는 건 어쩔 수 없는 거야. 받아들이는 것 외에 달리 길이 없었지만, 마음은 붕 떠버렸다. 일하려 해도 아무것도 손에 잡히지 않고, 밥도 먹는 둥 마는 둥. 이 해만을 바라보며 살아온 나의 지난 삼 년간은 무의미한 시간이 되어버리고 말았다.

아니 이 한창나이에, 이토록 좋은 봄날에 나는 갑자기 밖에서 사람들과 꽃구경을 할 수 없게 되었고, 카페에서 차를 마실 수 없게 되었고, 소개팅할 수도 없게 되었다. 카페테라스에 앉아 책을 읽을 수 있는 자유마저 박탈된 마당에 내가 몰두할 수 있는 건 고작해야 일하는 것뿐이었다.

그래서 입사지원서를 썼다. 어차피 이 상황이 다 갈무리되기까지 못해도 이삼 년은 걸릴 것이다. 그럼 이참에 이직하자. 여행이야 나중에 가면 되겠지, 갈 수 있겠지. 환경도 바꿀 겸, 연봉도 좀 올려볼 겸, 다른 업무도 익혀볼 겸 나는 이 회사로 넘어오게 되었다.

지금 회사와 첫 번째 면접을 앞두고 있었을 땐 계절이 겨울의 끄트머리에 걸려있던 이월 말에 다다라 있었다. 회사는 그때 이미 전면 재택근무를 하고 있었다고 했다. 기술 시험이야 요즘엔 온라인으로 미리 치는 추세이기는 한데, 화상으로 면접을 보는 건 처음이었다. 그렇게 채용이 결정되기까지 넘어야 하는 몇 단계가 진행되는 내내 회사는 재택근무를 유지하고 있었다. 인사팀에서는 이에 대해 양해를 구하며, 내가 입사하고 나서 일주일 정도 있으면 사무실로 출근할 수 있을 거라고 했다.

그래서 부랴부랴 방을 구했다. 사무실이 집에서 상당한 거리였으므로 통근을 할 엄두가 나지 않았다. 그렇게 나는 전철로 사무실까지 네 정거장 정도 걸리는 동네에 셋방을 구해 나갔다.

최종적으로 이는 매우 성급한 결정이었다. 기약 없이 늘어지는 팬데믹이라는 변수를 고려하지 못했다.

인사팀의 안내가 무색하게도 입사한 지 일주일 만에 재택근무가 연장되었다는 안내를 받았다. 시국이 시국이니 이해하기로 했다. 보름만 더 있으면 사무실에서 팀원들과 인사를 할 수 있겠지, 그렇게 생각했다.

그리고 이주 뒤, 인사팀에서는 재택근무가 또 연장되었다고 했다. 그 이주 뒤, 재택근무는 다시 연장되었다. 이주 뒤, 연장되었다고 한다. 이주 뒤, 팬데믹이 나아질 기미가 없으므로 계속 재택근무를 하자 그랬다.

이러다 영영 동료들 얼굴 한 번을 제대로 못 보겠구나, 그렇게 푸념하는 사이에 가을은 코끝까지 다가왔고 계절이 두 번 바뀌는 동안 변한 건 재택근무 공지 주기가 이 주일에서 넉 달로 바뀐 것 정도였다. 그러니까 다음 재택 공지는 넉 달 뒤에나 뜬다는 말이었다.

원룸이란 건 말이지, '자는 환경'에 최적화된 공간이다. 온종일 거기서 먹고 놀고 뒹굴뒹굴하기엔 결핍된 조건들이 너무나도 많다. 일과의 대부분을 사무실에서 보내고 집에 와서 잠을 자는 사람들을 위한 곳이란 말이다.

내가 구한 집은 22제곱미터 짜리, 실평수로 겨우 5평이나 되는 정사각형의 공간이었다. 침대가 들어가고 책상이 자리를 잡고 옷장과 책장이 들어가고 나니까 내 키만 한 요가 매트를 깔만한 자리도 남아있지 않았다.

나는 거기서 그야말로 구겨진 채로 지냈다. 빨래건조대라도 펼쳐놓은 날이면 발 디딜 공간조차 없었다. 침대 끝에서 화장실까지 걸어서 일곱 걸음, 한 뼘짜리 방에서 아침부터 밤까지 온종일 살아야 했다. 회사의 방침에 따라 밖에서는 일할 수 없었다. 그러므로 내게 허락된 공간은 한 칸짜리 방이 전부였다.

더군다나 거긴 셋방이었다. 각종 공과금까지 해서 한 달
에 사십만 원이란 절대 적지 않은 돈이 통장에서 쑥쑥 빠져
나갈 때마다 복잡한 심경이었다. 이렇게 갇혀 지내려고 이
사 온 게 아니었으므로 나는 꽤 억울해했다. 본가의 멀쩡한
방을 비워둔 채로 다달이 월세를 내야 한다니. 딱 석 달만
참아볼 걸 하는 후회막심한 생각이 매일같이 들었다.

옆방 사람이 뭐라고 떠들고 있는지까지 실시간으로 중계
를 해주는 종잇장 같은 회벽. 어두컴컴한 복도. 수시로 오
가는 차들. 어지럽게 걸려있는 전깃줄. 건물들이 하도 다닥
다닥 붙어있는 통에 내 방에선 저 건너편 건물의 방 안까지
훤히 들여다보였다. 어두워지면 나는 창문을 꼭 걸어 잠그
고 블라인드를 내렸다.

자취하면서 삶과 일이 분리되지 않은 공간에 있다는 게
얼마나 힘든 일인지를 알게 되었다. 아파트에 살면 방에서
일하다가 잠깐 거실에 나와서 기지개를 켤 수 있고, 거실에
나와 있는 동안은 일하는 곳에서 해방되어 있다는 느낌을
받을 것이다. 그러니까 그건 사무실에서 일하다 잠깐 복도
에 나와 있거나 화장실에 숨어있는 찰나에 비할만한 순간

이다. 원룸은 분리될 수가 없다. 일하는 책상과 책을 읽는 책상이 분리될 수 없고, 일하다가 잠깐 일어서서 창문에 기댄들 메시지 알람이 뜨면 쏜살같이 자리로 향할 수밖에 없다. 이런 이유로 나는 과로했고, 안압이 20까지 치솟는 그리 유쾌하지 않은 경험을 했다.

물리적인 환경에도 문제가 있었지만, 심리적 측면의 이슈도 있었다. 그게 더 큰 어려움이었을 것이다.

나는 '줌'이라고 하는 화상회의 애플리케이션으로 동료들을 처음 만났다. 우리는 각자 마실 것을 사다 놓고 온라인으로 짤막하게 티타임을 가졌다.

동료들은 내게 헌신적이었다. 같이 모여있을 수는 없더라도 지금 각자가 위치해서 내게 해줄 수 있는 최대한을 나누어주려고 노력했다는 것을 분명히 알고 있다. 영문을 알수 없게도, 그럴수록 나는 외로워졌다. 사람들과 같이 있다는 느낌이 요만큼도 들지 않았다. 사람들의 인기척이 그리워졌다. 일하다가 외마디 탄성을 질렀을 때, 무슨 일이냐고 되물을 동료가 있었으면 했고, 잠깐이나마 같이 카페에 가서 커피를 사 오는 시간을 같이하고 싶었다. 서로의 옷깃을 스쳤으면 했고, 화상으로는 도저히 가늠할 수 없는 그들의 미세한 표정 변화를 알아차리고 싶었다.

영화 Her를 보며 좀처럼 테오도르에 감정이 이입되지 않았던 과거의 나를 떠올렸다. 테오도르를 둘러싼 공허한 일상과 허전한 나날들이 얼마나 힘겨운 것인지 당시의 나는 좀 가늠하지를 못했던 것 같다. 인공지능과 사랑에 빠지는 건 어쩐지 현실적이지 않다고 생각했다. 2013년엔 그랬다. 그로부터 7년 뒤에 어떤 일이 일어날 줄도 모르고 그랬다. 인공지능을 사랑하게 된다는 이야기는, 몇 년 뒤에 아주 보통의 일이 될지도 모른다.

그게 좀 그렇다. 연차가 어느 정도 쌓이고 나선 눈치껏 알아서 하는 게 좋은 일도 있다. 회사에 다녀본 사람들이라면 누구나 공감하겠지만, 회사를 옮기면 처음 얼마간은 어느 자리든 간에 사람들을 열심히 쫓아다녀야 한다. 백그라운드가 아예 없는 상황에서, 다시 말해 백지상태에서 사람들과 쉬이 유대감을 쌓을 수 있는 절호의 기회이기 때문에. 또 그런 자리에서 오고 가는 꿀 정보를 쭉쭉 빨아들여야 하기 때문이기도 하다. 그 꿀 정보가 업무나 일하는 방식에 직접 관련이 있는 것들이라기보단 회사나 사람에 대한 정보이긴 한데, 아무튼 그것들은 사무실에서 공식적으로 묻고 답하는 과정으로 얻어낼 수 있는 게 결코 아니다. 사회 생활은 정말 아는 만큼 보인다. 이런 이유로 지금까지 나는 이직을 할 때면 한동안은 동료들과 꼭 붙어 지내곤 했었다.

이 '주워 먹는 정보'에서 완전히 차단된 상태로 일을 시작해야 한다는 건, 개미만 한 일까지 하나하나 다 물어가면서 해결해야 한다는 뜻이었다. 업무 특성상 눈대중으로 대충 일할 수는 없다. 사사로운 실수가 엄청난 장애를 만들어낼 수도 있다. 일급 장애를 한 톨의 먼지처럼 아무렇지 않게 대할만한 강철 멘탈이 내게는 없다.

나와 비슷한 시기에 다른 회사로 이직한 전 직장 동료도 내게 비슷한 어려움을 호소하곤 했다. 더군다나 그는 십오 년을 훌쩍 넘긴 고 경력자라 기술 스택이나 도메인에 대해 사사건건 질문을 해야만 헤쳐 나갈 수 있는 그 답답한 상황을 굉장히 부담스러워했다. 경력이 이십 년이면 뭐하고 삼 십 년이면 뭐 하나, 이런 팬데믹은 처음 겪어볼 텐데.

아마 회사 안에 개인적으로 친한 사람이 먼저 자리를 잡고 있었다면 더 나았을지도 모른다. 이래저래 여러모로. 아쉽지만 그런 요행을 기대할 수가 없었다. 어려움을 나누거나 답답함을 털어놓을 만큼 가까운 동료가 없었다. 이제 갓 입사했으니까 당연한 거였지만, 이렇게 재택이 길어지면 앞으로도 이 회사에서 가까운 동료를 만들긴 아무래도 어렵겠다는 생각이 들었다. 계속 이렇게 외톨이로 지내야만 하는 건가 싶어서 눈물이 찔끔 났다.

걱정거리들이 무색하게도 나는 이 리모트한 업무 환경에 완전히 적응하고 말았다. 시간이 꽤 걸리긴 했다. 그 사이 이런저런 일들도 있었다. 요령 없이 자리에 앉아 일만 하다가 안압이 치솟아서 한동안 병원에 다녔다. 의사 선생님은 이십 분에 오 분씩이라도 꼭 쉬어주라 그랬지만 그게 어디 말처럼 쉽나. 아무튼, 이 일을 계기로 한 시간 일하면 오 분씩은 꼭 쉬어가려고 노력하고 있다.

세상의 모든 일은 좋은 점과 그렇지 않은 점을 수반하고 있을 텐데, 시작부터 재택근무로 돌입한 경험이 내게는 없었기 때문에 당황한 마음에 미처 이 제도의 좋은 점을 쉽사리 체감하지 못했던 것 같다.

재택근무, 좋다. 통근 시간을 아낄 수 있다는 점이 가장 맘에 든다. 경기 서부에서 살아온 나란 사람은 대학교에 다닐 때나 회사에 다닐 때나 하루에 장장 네 시간을 길에서 보내야 했었다. 단순히 가고 오는 데에만 그만한 시간이 들었다. 술자리에 가 있더라도 열한 시 즈음엔 빠져나와야 했다. 거리가 머니까 차도 빨리 끊겼다.

그나마 대학교에 다닐 땐 시간표를 내가 짤 수 있으니까 어느 정도는 유연하게 시간을 관리할 수 있었는데, 직장인이 되고 나니까 그나마도 쉽지가 않았다. 일정한 시간이 되면 무수한 사람들이 일제히 버스정류장으로, 전철역으로 몰렸다. 나는 그 시간을 피해 갈 수 없었다. 여름이면 사람들의 땀 냄새나 머리 냄새에 치여 숨이 막혔고, 겨울엔 두툼한 패딩 사이를 허우적거리다 숨이 막혔다.

분주한 아침은 뫼비우스의 띠처럼 영원히 되풀이될 것 같았다. 전철이 들어오는 플랫폼에 네 줄로 서 있는 사람들의 무리와 노란 불을 번뜩거리며 역으로 미끄러져 들어오는 역마, 스크린도어가 열린다는 안내가 마치자마자 밀물처럼 쏟아지는 사람들. 그건 어제도 그랬고 오늘도 그러하며 내일도 그러할 무한의 데자뷰였다.

나는 더 이상 출근하지 않는다. 사람들과 부대끼며 전철에 몸을 던질 필요가 없어졌다. 지친 몸을 이끌고 하이에나처럼 전철의 빈자리를 찾아 헤매는 퇴근길을 거치지 않아도 된다. 일요일 자정을 넘겨 영화를 보더라도 월요일 아침이 그리 걱정되지 않는다. 오랜 시간 나를 진절머리나게 했던 것들이 나의 일상에서 점차 사라져간다.

가끔 여타 업계의 친구들로부터 재택근무를 하고 있어서 부럽다는 이야기를 듣는다. 출퇴근을 안 하는 거야 부러울 만한 일이긴 한데, 간혹 재택근무를 하면 일을 많이 안 해도 된다고 생각하는 때도 있었다.

회사가 땅 파서 장사하는 것도 아니고, 직원들이 집에서 정말 쉬엄쉬엄 일할 수 있도록 가만 둘리가 없다. 사실 직원들이 체감하는 업무량이나 회사 측에서 받아보는 산출량의 부피는 팬데믹 이전이나 이후나 차이가 없다고 들었다. 오히려 커뮤니케이션 비용이 이전보다 더 많이 나온다. 옆에서 말 몇 마디로 끝낼 수 있는 대화를 수많은 메시지나 화상회의로 정리해야 하다 보니까 아무래도 어쩔 수가 없다.

모든 개발 조직은 형상을 관리한다. 어떤 사람이 자기 작업물을 브랜치에 반영하면, 그 사람이 어떤 작업을 했는지와 그 전후 형상이 모두에게 공유된다. 그리고 누구나 그 내용물들을 리뷰할 수 있다. 형상 관리 도구는 형상을 관리하기 위해 쓰는 거지만 산출물의 지층이 되기도 한다. 그러니까 어떻게든 각각의 산출물이 드러날 수밖에 없는 구조다. 그러므로 근무지가 집으로 바뀌었을지언정 결과물이 팬데믹 이전과 달라진 게 없다는 회사 측의 입장은 설득력이 있다.

서로서로 시야 밖에 있다는 생각 때문에라도 더 조심하게 되는 부분도 있다. 동료의 존재를 확인할 수 있는 길이 회의 아니면 메시지 정도라서 협업을 하려면 서로서로 수시로 부를 수밖에 없는데, 그게 어느 정도냐면 잠깐 화장실만 다녀오는 찰나에도 셀 수 없을 만큼 수많은 메시지가 함박눈처럼 쌓여있다. 어쩐지 제때 대답을 안 하면 안 될 것 같다. 상대방에게 내가 자리를 비우고 놀고 있다는 인상을 받게 하고 싶지 않으니까.

그 틈틈이 쉬어주는 걸 집에서는 더 못하게 되므로, 알람 시계를 맞춰놓든 자기만의 룰을 세우든 어느 정도 요령을 만들어놓아야 건강을 잃지 않는다. 처음에 나는 그걸 제대로 못 했다.

화상으로 회의를 하는 건 지금도 좀 적응이 안 된다. 모니터의 영상을 계속 쳐다봐야 하니까 눈이 아프고, 회의를 마치고 나면 머리가 지끈거린다. 열 명도 넘어가는 사람들이 동시다발적으로 이야기를 하면 어떤 목소리가 누구의 것인지 알아차리기도 힘들다. 내 의견을 말해야 하는데 좀처럼 끼어들 타이밍을 잡지 못해서 난처한 적도 있었다. 여러모로 회의실에 모여서 이야기하는 것보단 피로감이 크다.

뭐, 내가 어쩔 수 있는 문제는 아니다. 세상의 모든 건 장점과 단점을 고루 가지고 있으므로. 다만 나는 이제 집에서 일하는 환경에 너무 익숙해진 나머지 이젠 사무실에서 일할 엄두가 나지 않는다. 말이 이렇지 이다음에 재택근무 안하는 회사로 이직하게 되면 나의 의지와 상관없이 꾸역꾸역 출근하게 될지도 모르겠지만, 지금으로선 어쨌든 그렇다. 사무실로 가기 위해 대충 사람다운 모습을 갖추고 이른 시간부터 전철에 올라타서 빈자리를 쟁취하기 위한 무언의 눈치 싸움을 벌이거나 밀리거나, 지친 몰골로 겨우겨우 목적지에 다다르는 전쟁 같은 아침을 맞이하기엔 나의 몸이 이 안락함에 제대로 적응을 하고 말았다.

모르겠다. 기우일 수도 있다. 이미 업계 안에서는 모종의 준비랄까, 움직임이랄까, 현행 재택근무 제도를 유지하기 위한 어떤 실험들이 진행되고 있다. 불과 오 년 전엔 자율 출퇴근 제도가 굉장한 신기술처럼 여겨졌었는데 지금은 또 그렇지는 않은 것처럼, 조금 나중엔 사무실의 형태 없이 집에서 일하는 환경을 갖춘 회사들이 비약적으로 많아질 수도 있다. 벌써 괜한 걱정은 하지 않기로 한다. 다음 회사도 재택근무하는 곳으로 가면 되니까.

랜선 회식이라고 들어는 봤나

그러니까 때는 팬데믹이 이토록 장기전이 될 거라고는 차마 생각하지도 못했던, 늦겨울의 서늘한 공기와 초봄의 햇살이 날실과 씨실처럼 엮여있던 2020년의 2월과 3월 사이의 어느 즈음이었다.

솔직히 말하면 그땐 시국이 너무 어수선해서 봄이 왔는지도 몰랐다. 분명히 내가 살아온 그해 어느 순간에 봄이 있었을 텐데 길가에 핀 목련이라도 잠시 올려다볼 만한 마음의 여유가 내게도, 다른 사람들에게도 없었던 것 같다. 나와 나의 주변인들 누구도 그해의 봄에 대해 기억하지 못했다.

사람들은 아침에 눈만 뜨면 습관처럼 텔레비전을 켰다. 연일 같은 헤드라인들이 쏟아졌지만, 그 어디에서도 희망을 찾을 수 없었다. 확진자 수치는 나날이 우상향했다. 사람들은 점점 어깨를 움츠렸다.

어젯밤, 전철 맞은편에 앉아있던 사람들의 표정을 기억한다. 지친 눈빛에 서린 절망은 깊이를 가늠할 수 없었을 것이다. 이러다가 영원히 마스크를 쓰고 살아야 하는 게 아닐까, 앞으로 영원히 여행을 다닐 수 없는 걸까 하는 어떤 불안감을 읽을 수 있었다. 얼마 전까지만 하더라도 아무렇지 않게 누려온 것들은 하루아침에 온통 사치가 되어버렸다.

출근길 전철역은 여전히 인산인해였다. 하나같이 얼굴에 마스크를 맨 채로 점점이 플랫폼 근처에 흩어져 있는 사람들과 그 사이에서 눈치 없이 마스크를 턱에 걸쳐놓고 침 튀기며 전화하는 한 사람의 모습이 대비되었다. 그를 바라보는 사람들의 눈빛에서 나는 공포심에 가까운 불안감을 읽었다. 그 불안감이 어디서 온 것인지도 알았다.

일하기 위해 사무실에 가는 일련의 과정들은 더 이상 사사로운 일과라고 할 수 없었다. 다시 말해서 생존하기 위해 안전을 어느 정도 담보로 걸어야 하는 퀘스트였다. 이런 분위기 속에서 회사들은 하나씩 하나씩 전면 재택근무로 돌입했다.

근무 형태 하나가 달라졌을 뿐인데 많은 것들이 따라 바뀌기 시작했다. 그리고 그 바뀌는 흐름의 주변에 있던 것들은 자력으로 살아남기가 어려워져 금세 유명을 달리하기도 했다. 사무실 근처에 포진해있던 고깃집들이 그랬다. 그중에는 내가 정말 좋아하던 돼지갈빗집도 있었다. 하나같이 회식 장사를 하던 가게들이었다.

내다 다녔던 회사들 가운데에도 그런 데가 있었다. 머리에 넥타이를 두르고 거나하게 취한 얼굴로 마이크를 잡고 고래고래 소리를 지르는 노래방 회식까진 아니었지만, 어떤 것들이 섞여 있는지도 도무지 모르겠을 이상한 색깔의 사발주를 들이켜고 벌겋게 취한 사람들끼리 아무렇게나 말을 지껄이다가 길바닥에 누워 주정 부리는 사람의 뒤처리를 하는, 그런 회식을 해본 적이 있었다.

직장 생활이라고는 요만큼도 해볼 일 없었던 어린 시절의 난 이미 회식이 무엇인지 똑똑히 알고 있었다. 어떤 예능이고 드라마고 자시고 텔레비전에서 보여주는 회식하는 모습들은 놀랍도록 똑같았다. 그래서 나는 어른이 되기 싫었다.

그 모든 게 실재하는 일이라면 나는 사회생활에 영 재능이 없을 것이었다.

태고부터 '회식이란 이래야 한다.'하는 내용의 바이블이라도 구전되어 내려온 것처럼, 아주 오랫동안 이 땅의 많은 조직은 술로써 단합의 장을 계승해왔다. 지구에 한국인이 살아 숨 쉬는 이상, 그 오랜 전통은 어떠한 역경 속에서도 굳건히 살아남을 것만 같았다.

그러나 견고해 보이기만 하던 회식의 아성은 팬데믹이 도래하자마자 지지대 하나에 겨우겨우 버티고 있는 젠가처럼 아슬아슬해지고 말았다. 정말이지 하루아침에 불어닥친 변화였다.

단합이라는 미명은 안전과 건강이라는 대의 앞에서는 이면지 조각보다 더 무의미한 것이었다. 그런 상황에서도 어떻게든 오랜 관습을 이어나가 보려는 노력이 없지는 않았지만, 대의를 이길만한 다른 명분이 없었을 것이다.

그렇게 회식은 수면 아래로 차츰 모습을 감추어갔다.

그들의 상상은 곧 현실이 되었다. 이건 원래 그런 거야, 하는 모종의 공식들은 여기서는 전혀 통하지 않았다. 그들의 회식은 낭만적이었고 비범했으며 유쾌하고 정갈했다.

한 번은 백 명에 달하는 개발실 사람들이 단체로 영화를 보러 간 적이 있었다. 새로 나오는 모 영화를 기념 삼아 다 같이 보고 싶다는 말 한마디로 시작된 잔치였다.

환절기에는 컨디션이 별로니까 마사지를 받으러 갔다. 오 버워치가 출시되고 얼마 안 되었을 땐 팀을 나누어서 PC방 으로 게임을 하러 갔다. 유달리 게임을 좋아하던 한 동료를 위한 특별한 선물이었다.

각자 하고 싶은 게 다른 날에는 회식도 파트를 짜서 따로 따로 했다. 디저트를 먹고 싶은 사람들끼리 모이고, 뮤지컬 을 보고 싶은 사람들끼리 모이고, 한강에 가서 치맥을 하고 싶은 사람들끼리 모였다. 이것도 저것도 다 하기 귀찮은 사 람들끼리도 모였다. 그들은 스타벅스에 가 회식비로 커피 쿠폰을 충전하고 각자의 길로 흩어졌다. 일하다 한 번씩 스 타벅스에 같이 다녀오는 일이 그들에겐 회식이었다.

팬데믹 때문에 더는 사무실에 모여 일할 수 없게 되었지 만, 어쨌든 바이러스도 그들을 막을 수는 없었다. 아니, 집 에서 일도 하는데 회식이라고 못할 건 뭐야. 그렇게 랜선 회식의 역사가 시작되었다.

같이 일하는 듯 아닌 듯한 오묘한 업무 환경 속에서 우리는 때때로 외로웠다. 그래서 종종 티타임을 갖는다. 떨어져 있어서 채워지지 않는 허전함을 그렇게 메꾸려고 노력하고 있다.

랜선에서 만나기 때문에 같이 다트를 던질 수는 없지만, 카드 게임을 할 수는 있다. 가까이서 서로 눈을 마주하거나 자잘한 숨소리, 감정 등을 읽어가면서 대화하기는 좀 어렵지만 어쨌든 서로 얼굴을 마주 볼 수 있고, 목소리를 들을 수 있다. 공간의 제약이 있을지언정 아주 불가능한 것들은 아니었다.

그래서 랜선 회식은 소중하다. 물리적으로 동떨어진 내가 동료들과 일이 아닌 것을 함께할 수 있는 거의 유일한 수단이다.

최초의 랜선 회식은 포트럭 파티 같았다. 우린 각자 먹을 걸 들고 랩탑 앞으로 모였다. 구태여 회식 메뉴를 맞출 필요가 없으니까 그냥 알아서 자기가 먹고 싶은 음식을 준비했다.

어떻게 해야 회식이 더 재미있어질까, 사람들은 고민하기 시작했다. 랜선으로 할 수 있는 무언가가 분명히 있을 텐데, 뭘 하면 재미있을까.

여러 가지 의견들이 나왔다. 같이 스타크래프트를 해요, 영화 이름 맞추기 초성 게임을 해요, 같이 영화를 보는 건 어때요?

그렇게 우리는 월리를 찾아라 놀이를 했다. 어릴 적 엄마가 드문드문 비디오로 틀어주던 마성의 애니메이션. 우승자에게는 오만 원 상당의 짭짤한 특전이 주어지기 때문에 사람들은 정말 열심히 월리를 찾았다.

근데 아무리 생각해도 랜선 회식의 가장 좋은 점은 내 취향을 침해받을 일이 없다는 점인 거 같다.

옆 사람이 날것을 못 먹어서 회식 때 횟집에 못 간다거나 하는 비슷한 경험들을 주변에선 한번씩들 해본 것 같은데 그거야 가게 하나를 정해야 하다 보니까 어쩔 수 없이 생기는 불협화음이고, 랜선으로 만나게 되면 꼭 메뉴를 통일할 필요가 없으니까 괜한 신경전에 말려들거나 눈치를 볼 필요가 없다.

달콤한 디저트를 좋아하는 나로선 회식이 그렇게나 기다려지는 것이다. 내게 회식 날은 찜해놨던 케이크 가게에서 빅토리아 스펀지와 마카롱을 사는 날이고, 또 집 앞 어디

가게에 가서 스테이크를 주문해다 먹는 날이다. 일종의 잔 칫날인 셈이다.

그렇게 사람들을 만나 이야기를 하고 게임도 하고 각자 알아가는 시간도 갖고 그러다 적당한 때에 마무리한다. 그 사이엔 애매하게 불편했던 것들, 음식을 휘젓는 여러 벌의 젓가락들이나 앞사람의 빈 잔 같은 것들이 없다. 거북할 게 없으므로 이제 나는 그들과 함께하는 시간 안에 온전히 몰 입할 수 있게 된다. 깔끔하다. 이런 회식이라면 앞으로도 얼마든지 웰컴.

* 지구를 위해 친환경재생지를 사용합니다.

희망한 적 없는 희망퇴직

초 판 1 쇄 2021년 5월 19일
지 은 이 이래하
사   진 최해성
펴 낸 곳 하모니북

출판등록 2018년 5월 2일 제 2018-0000-68호
이 메 일 harmony.book1@gmail.com
전화번호 02-2671-5663
팩   스 02-2671-5662

979-11-89930-91-2 03810
ⓒ 이래하, 2021, Printed in Korea

값 15,000원

이 도서의 국립중앙도서관 출판예정도서목록(CIP)은 서지정보유통지원시스템 홈페이지
(http://seoji.nl.go.kr)와 국가자료공동목록시스템(http://www.nl.go.kr/kolisnet)에서 이용
하실 수 있습니다.